HEYNE
BÜCHER

Das Buch

Jenny haben die schrecklichen Erfahrungen aus ihrem ersten Babysitter-Job (vgl. »Die Babysitterin« 01/13393) schwer mitgenommen. In ihren Träumen wird sie immer wieder von dem toten Mr. Hagen, der sie damals mit Drohanrufen terrorisierte und ermorden wollte, verfolgt. Um ihr Trauma loszuwerden, beschließt sie, sich ein weiteres Mal als Babysitterin einstellen zu lassen. Sie passt auf Eli, den zehnjährigen Sohn der Nachbarsfamilie Wexner, auf, der hochintelligent und technisch sehr begabt ist – sich allerdings auch als kleines Monster entpuppt und nicht müde wird, Jenny mit seinen bizarren Streichen zu erschrecken. Und dann erhält Jenny einen Anruf. Der Unbekannte flüstert die gleichen Worte ins Telefon, die auch schon der psychopathische Hagen verwendete. Ist er aus dem Jenseits zurückgekehrt, um sich zu rächen? Oder ist es ein böser Scherz, der Jenny in den Wahnsinn treiben soll? Für Jenny beginnt der Albtraum von neuem ...

Der Autor

Robert Lawrence Stine wurde 1943 in Columbus/ Ohio geboren. Bereits mit neun Jahren entdeckte er seine Liebe zum Schreiben. Seit 1965 lebt er in New York City. Zunächst arbeitete er an TV-Serien und Abenteuergeschichten, seit 1986 aber widmet er sich nur noch dem Horror. Seine »Gänsehaut«-Romane und die Serie »Fear Street« lehrten Millionen Jugendlichen das Fürchten. Heute ist R.L. Stine einer der produktivsten und erfolgreichsten Autoren der Gegenwart.

Von R.L. Stine sind bisher im WILHELM HEYNE VERLAG erschienen:

Der Anruf (01/13389) · Die Halloween Party (01 /13390) · Der Anhalter (01 /13391) · Die Geisterfahrt (01/13392) · Die Babysitterin (01/13393) · Tödliche Freundin (01/13394) · Die große Prüfung (01/13479) ·

R. L. STINE

Die Stimme aus dem Jenseits

Roman

Aus dem Amerikanischen
von Martin Koppelmann

WILHELM HEYNE VERLAG
MÜNCHEN

HEYNE ALLGEMEINE REIHE
Nr. 01/13474

Titel der Originalausgabe
THE BABY SITTER II

Umwelthinweis:
Dieses Buch wurde auf
chlor- und säurefreiem Papier gedruckt.

Redaktion: Birgit Groll

Deutsche Erstausgabe 01/2002

Dieses Werk wurde vermittelt durch die
Literarische Agentur Thomas Schlück GmbH,
30827 Garbsen
Printed in Germany 2002
Umschlagillustration: Joe DeVito/Agentur Schlück
Umschlaggestaltung: Hauptmann und Kampa Werbeagentur, CH – Zug
Satz: (3627) IBV Satz- und Datentechnik GmbH, Berlin
Druck und Bindung: Elsnerdruck, Berlin

ISBN: 3-453-19909-X

http://www.heyne.de

1. Kapitel

»Ich ... Ich habe ihn getötet«, sagte Jenny stockend und bewegte sich unruhig auf der Couch hin und her. »Ich kann ihn immer noch schreien hören. Erst ganz laut und dann nur noch ganz leise. Egal von welcher Seite ich das Geschehene betrachte, ich fühle mich schuldig.« Beim Reden drehte Jenny eine Strähne ihres dunklen Haars zwischen den Fingern. Mit ihren großen Augen blickte sie düster auf die Risse in der Wand neben sich. Immer wieder befeuchtete sie sich die Lippen. Auch so eine nervöse Angewohnheit.

»Es tut mir Leid«, sagte sie nun. »Sie hatten mich doch gebeten, alles von Anfang an zu erzählen, und ich bin sofort zum Ende gesprungen.« Sie nahm eine neue Strähne und zwirbelte sie zwischen ihren schlanken Fingern. »Es ... Es tut einfach so weh, daran zu denken.«

Jenny atmete tief durch und fing noch einmal an. »Es geschah letzten Herbst, wenige Wochen, nachdem die Schule wieder angefangen hatte. Ich gehe in die Harrison Highschool. Dieses Jahr bin ich schon in der vorletzten Klasse. Aber das haben Sie sich bestimmt schon gedacht.« Sie ließ die Strähne los und den Arm sinken, um gleich darauf die Hände fest im Schoß zu verschränken.

»Nun, ich hatte da diesen Babysitter-Job angenommen. Zweimal in der Woche. Dabei habe ich auf einen süßen kleinen Jungen aufgepasst. Er hieß Donny. Donny Hagen. Er hatte ganz weißblondes Haar. So eine Haarfarbe hatte ich vorher noch nie gesehen. Er war unheimlich niedlich, und wir sind von Anfang an gut miteinander ausgekommen.

Die Hagens wohnten in einem gespenstischen alten Haus am anderen Ende der Stadt. Ich habe immer gut eine halbe Stunde mit dem Bus bis dorthin gebraucht.« Jenny verstummte. »Wahrscheinlich ist das nicht besonders wichtig. Aber manchmal denke ich an all die langen Fahrten, in dem fast leeren Bus, der im Dunkeln durch die Stadt rumpelte und mich zu diesem ... diesem Furcht erregenden alten Haus gebracht hat.

Nun, wie auch immer. Nachdem ich ein-, zweimal auf Donny aufgepasst hatte, bekam ich diese schrecklichen Anrufe. Immer, wenn ich den Hörer abnahm, hörte ich so ein grässliches Flüstern. Jedes Mal die gleichen Worte: ›Hallo, Süße, bist du ganz allein? Hab' keine Angst, ich leiste dir bald Gesellschaft.‹« Während Jenny das sagte, kam es ihr vor, als hätte sie die Stimme wieder im Ohr, und es lief ihr – genau wie damals – eiskalt den Rücken hinunter. Selbst die Angst war wieder da.

Aber dann erzählte sie tapfer weiter. »Letzten Herbst gab es in der ganzen Stadt diese Überfälle auf Babysitter. Ich hatte in den Nachrichten davon gehört, und da saß ich nun ganz allein in dem gruseligen alten Haus am anderen Ende der Stadt. Damals hatte ich gerade einen neuen Freund. Ja, ich glaube, so könnte man das nennen. Aber wir waren noch nicht oft zusammen weg gewesen. Der Junge war neu an der Harrison Highschool. Er hieß ... heißt Chuck. Chuck Quinn.«

Unwillkürlich runzelte Jenny die Stirn. »Chuck und ich sind nicht mehr zusammen. Er ist ... Er ist so ein

Kasper. Sie wissen schon, einer, der immer den Klassenclown spielen muss. Eigentlich ist er ja auch sehr witzig. Aber ... aber nachdem, was passiert ist ... Ach, ich weiß auch nicht. Ich glaube, mir war einfach nicht danach, die ganze Zeit herumzualbern und mir seine Witze anzuhören. Als ich mit Chuck Schluss gemacht habe, ist er total ausgerastet und unheimlich sauer geworden. Auch vorher schon war Chuck immer gleich eingeschnappt und schmollte dann tagelang. Oh, es tut mir Leid, ich schweife ab.«

Jennys Hände fühlten sich feuchtkalt an, und sie wischte sie an der Jeans ab. »Als ich auf den Sohn der Hagens aufpasste, habe ich Chuck irgendwann erlaubt, mich in dem alten Haus zu besuchen. Ich ... Ich fühlte mich einfach sicherer, wenn er da war. Wegen der Telefonanrufe, meine ich. Aber dann habe ich diese anonymen Drohanrufe auch zu Hause bekommen. Es war immer das Gleiche: ›Hallo, Süße, ich leiste dir bald Gesellschaft.‹

Ich hatte totalen Schiss. Irgendwann dachte ich, dass vielleicht Chuck dahinter steckt. Wahrscheinlich habe ich einfach Panik geschoben, oder so was. Aber damals kannte ich Chuck eben noch nicht so gut, und er riss doch immer Witze, machte den Clown und spielte den anderen Streiche.

Ich hatte einfach solche Angst. Ich wollte sogar meinen Job als Babysitter schmeißen. Aber Mom hat mich überredet weiterzumachen. Das Geld konnten wir auch wirklich gut gebrauchen. Mom ist Anwaltsgehilfin und verdient nicht so viel. Die Hagens haben mir zehn Dollar die Stunde bezahlt, und da Weihnachten vor der Tür stand ...

Auf jeden Fall bin ich geblieben. Dann habe ich eines Abends diese Zeitungsausschnitte in Mr. Hagens

Schrank entdeckt. Lauter Artikel über Kinder, die gestorben sind, weil der Babysitter nicht richtig aufgepasst hat, und auch Artikel über die Überfälle auf Babysitter in unserer Stadt. Die Namen der Jugendlichen waren rot eingekreist!

Es stellte sich dann heraus, dass Mr. Hagen die Babysitter überfallen hatte. Vor Donny hatte er eine Tochter gehabt und als sie starb, gab er der Babysitterin die Schuld an ihrem Tod. Ich glaube, damals ist bei ihm eine Sicherung durchgebrannt, und von da an hatte er es auf alle Babysitter abgesehen. Er ... Er steckte auch hinter den Telefonanrufen, und ... und ... Ach, es ist so furchtbar! Jetzt, wo ich Ihnen das alles erzähle, sehe ich es wieder vor mir, als würde es gerade passieren.«

Jenny drückte die Hände mittlerweile so fest zusammen, dass es wehtat. Als sie sich dessen bewusst wurde, lockerte sie den Griff und zwang sich, die Hände neben sich auf die Couch zu legen. Sie wartete, bis sich ihr Herzschlag ein wenig verlangsamte, dann nahm sie das Glas Wasser, das neben ihr auf dem Tisch stand, und nippte daran.

Daraufhin atmete sie tief durch und erzählte mit leiser gefasster Stimme weiter. »Mr. Hagen ist mir ins Elternschlafzimmer gefolgt und hat mich beim Lesen der Zeitungsartikel erwischt. Da war ihm klar, dass ich Bescheid wusste. Er ... Er sagte, er würde mich nach Hause fahren. Aber das hat er nicht getan. Es war schon spät und kein anderes Auto mehr auf der Straße. Mr. Hagen fuhr mit mir zum alten Steinbruch. Wissen Sie, wo das ist? Ungefähr fünfzehn Kilometer außerhalb der Stadt in Richtung Norden.

Dort zog er mich aus dem Auto, schlug mich und sagte immer wieder: ›Du bekommst nur, was du verdienst. Du bekommst nur, was du verdienst.‹ Dabei drängte er mich an den Abgrund des Steinbruchs. Ich stand direkt an der Kante. Hinter mir war nur noch Luft. Es war wie ein Albtraum. Die Scheinwerfer seines Wagens blendeten mich. Aber ich wusste, dass ich in die Tiefe stürzen würde, wenn ich auch nur noch einen Schritt zurückwich.

Und dann gab er mir einen Stoß. Ich meine, er kam auf mich zugerannt und wollte mich hinunterstoßen. Aber irgendwie ... irgendwie konnte ich ihm ausweichen, und er segelte über mich hinweg in den Abgrund. Ich konnte ihn nicht sehen, sondern nur hören. Sein Schrei war ganz furchtbar. Er schrie, bis er unten aufkam und sein Körper auf dem Felsgestein zerschellte.« Jenny hielt inne und versuchte, wieder zu Atem zu kommen. »Ich höre immer noch, wie sein Körper auf die Steine klatscht. *Patsch.* Als ließe man ein Ei fallen.«

Wieder spielte Jenny nervös mit ihren Haaren und zwirbelte eine dunkle Strähne zwischen den Fingern. Dabei hielt sie den Blick nach wie vor auf die Wand gerichtet. »Natürlich weiß ich, dass es eigentlich nicht meine Schuld war«, fuhr sie nun fort. »Ich meine, der Mann war verrückt. Er hat versucht, mich umzubringen. Da bin ich mir sicher. Das sage ich mir zumindest immer wieder. Aber trotzdem ... trotzdem werde ich das Gefühl nicht los, dass ich Mr. Hagen getötet habe, dass ich für seinen Tod verantwortlich bin. Meinetwegen hat Donny jetzt keinen Vater mehr.« Ihr Mund fühlte sich ganz trocken an, und Jenny trank noch einmal von dem Wasser, das warm und metallen schmeckte. Sie verzog das Gesicht, nahm aber trotzdem einen weiteren großen Schluck.

»Nachdem Mr. Hagen über die Klippe des Steinbruchs gefallen war, ist erst einmal alles vorbei gewesen. Ich meine, Mr. Hagen war tot, es gab keine Überfälle mehr auf Babysitter und auch keine anonymen Drohanrufe. Donny und seine Mutter sind weggezogen. Wohin, weiß ich nicht.

Ich war in Sicherheit, aber die Sache ließ mich nicht los. Ich meine, ich hab' versucht, es zu vergessen, aber dann fing das mit den Träumen an. Albträume. Fast jede Nacht. Sie sind so wirklichkeitsgetreu, richtig lebensecht. Ich träume in Farbe. Da bin ich ganz sicher, und wenn ich morgens aufwache, erinnere ich mich an jede Einzelheit. Meistens kommt Mr. Hagen darin vor. Ich sehe, wie er den Abgrund des Steinbruchs wieder hinaufklettert. Sein Gesicht ist völlig verzerrt und entstellt.

In den Träumen stehe ich einfach da und beobachte, wie er sich langsam wieder über die Kante des Abgrunds zieht. Dann rappelt er sich auf und wankt auf mich zu wie Frankenstein, blutverschmiert und mit zerrissenen Kleidern. Manchmal ist auch sein Körper ganz zerschunden, Hautfetzen hängen ihm weg oder fallen herab. Manchmal hat er anstelle eines Kopfes auch nur noch einen Totenschädel, der blutet. Und ich ... ich stehe einfach nur da. Ich will vor ihm davonlaufen, aber ... aber das geht nicht. Ich bin wie gelähmt, und er kommt immer näher und näher, bis ... bis ich von meinem eigenen Schreien aufwache.« Schwer atmend blickte Jenny zur getäfelten Decke.

»Ich glaube, wir hören an dieser Stelle besser auf«, sagte Dr. Schindler leise. »Die Sitzung ist ohnehin gleich vorbei. Deine anderen Träume heben wir uns fürs nächste Mal auf.« Er beugte sich über seinen Schreibtisch, auf dem alles Mögliche lag, und stellte das Aufnahmegerät aus. Dann drückte er auf »Eject«, nahm die Kassette heraus und beschriftete sie. Während er sich darauf konzentrierte, zogen sich die Brauen über seinen grünen Augen zusammen.

Dr. Schindler würde man eigentlich gar nicht für einen Seelenklempner halten, dachte Jenny, während sie ihn beobachtete. Zum einen sah er dazu viel zu gut aus und zum anderen war er zu sonnengebräunt. Mit seinem welligen kupferfarbenen Haar, den blonden Augenbrauen und unheimlich grünen Augen wirkte er vielmehr wie ein Schauspieler oder Dressman. *Außerdem ist er für einen Seelenklempner viel zu jung,* dachte Jenny nun. Sollte er nicht einen Bart haben, oder so was? Und eine rahmenlose Brille mit dicken Gläsern? Oder Pfeife rauchen?

Er sah wirklich überhaupt nicht wie ein Psychiater aus, aber seine Diplome bewiesen das Gegenteil. Die Abschlusszeugnisse hatte er alle eingerahmt. Sie hingen ordentlich aufgereiht an der Wand hinter seinem riesigen Mahagonischreibtisch.

»Beim nächsten Mal –«, fing er nun an und blätterte dabei in seinem Terminkalender, doch Jenny unterbrach ihn: »Aber was ist denn mit dem Problem, das ich *jetzt* habe?« Sie setzte sich auf, drehte sich ihm ganz zu und ließ die Beine von der Couch gleiten. »Sie wissen schon, wegen des neuen Babysitter-Jobs.«

Mit dieser Frage schien Jenny ihn auf dem falschen Fuß erwischt zu haben, und sie dachte grollend: *Was ich ihm Anfang der Stunde gesagt habe, hat er schon wieder vergessen. Kein Wunder, dass er alles aufnehmen muss!*

»Nun, Jenny . . .« Dr. Schindlers Augenbrauen zogen sich wieder zusammen, und sein Gesicht nahm einen ernsten Ausdruck an. »Wie stehst *du* denn dazu? Was denkst *du* über diesen neuen Job? Bist du der Meinung, du solltest ihn annehmen?«

Jenny seufzte. Wollte er ihr denn nur Fragen stellen und gar nicht helfen? »Ich weiß nicht«, sagte sie schließlich und biss sich auf die Lippe. »Ich schätze mal, normalerweise hätte ich jetzt sowieso einen richtigen Ferienjob. Aber ich bin viel zu durcheinander und müde, weil ich nie richtig schlafen kann. Einen Ganztagsjob hätte ich bestimmt nicht gepackt.« Erwartungsvoll sah Jenny Dr. Schindler an. Aber er erwiderte einfach nur ihren Blick mit seinen erstaunlich grünen Augen. Dabei war seinem Gesicht nichts zu entnehmen.

»Wenn ich im Herbst wieder zur Schule gehe, brauche ich Geld«, fuhr Jenny verunsichert fort. »Und die Wexners scheinen ganz nett zu sein. Sie wohnen auch nur wenige Häuserblöcke von mir entfernt. Ihr Sohn Eli ist schon zehn, also glaube ich nicht, dass er mir viel Stress machen wird.«

»Wie oft sollst du denn auf Eli aufpassen?«, fragte Dr. Schindler und befingerte seine aus Jade und Silber bestehende Schreibtischuhr.

»Zweimal pro Woche tagsüber und zweimal abends. Das ist eigentlich gar nicht schlecht, und ich kann das Geld gut gebrauchen. Aber ...« Erwartungsvoll sah der Arzt sie an. » ... ich habe wirklich Angst davor«, beendete Jenny ihren Satz.

»Angst wovor?« Dr. Schindler beugte sich ein wenig zu ihr hinüber, und Jenny überlegte einen Moment. »Ich weiß es nicht«, sagte sie schließlich. »Ich habe einfach nur Angst.«

»Befürchtest du, dass Mr. Hagen zurückkommen könnte?«

»Nein, natürlich nicht.« Jenny spürte, wie sie rot wurde. »Ich weiß, dass es blöd ist, aber ich kann einfach nicht sagen, ob ich den Job annehmen soll. Eigentlich schon, oder?« Jenny erwartete eine Reaktion von Dr. Schindler, aber sein Gesicht blieb regungslos.

»Ich hasse es, wenn ich mich wie ein Psychoanalytiker anhöre«, sagte er schließlich leise, »aber was wäre *dir* denn am liebsten?«

»Ich will, dass das alles nicht passiert wäre.« Jenny legte mehr Gefühle in ihre Antwort als beabsichtigt.

»Das wäre natürlich das Beste«, erwiderte Dr. Schindler lächelnd. »Aber wir können die Vergangenheit nun einmal nicht ungeschehen machen. Wir können nur nach vorn sehen.« Dabei warf er einen Blick auf die Schreibtischuhr.

»Ich ... Ich glaube, ich sollte den Job annehmen«, sagte Jenny und war selbst überrascht, dass sie sich zu dieser Entscheidung durchgerungen hatte. »Ja, das tue ich. Ich denke, ich werde den Job annehmen. Es gibt eigentlich keinen Grund, ihn abzulehnen. Außerdem kann ich das Geld wirklich gut gebrauchen. Und vielleicht ... vielleicht hilft mir der Job, meine Angst zu vergessen. Wissen Sie, so wie man auch wieder reiten soll, nachdem man vom Pferd gefallen ist.«

»Du hast eine Entscheidung getroffen«, sagte Dr. Schindler und schien damit ganz zufrieden. Oder interpretierte Jenny da etwas in seine Reaktion hinein, das gar nicht vorhanden war?

»Ja, ich glaube, das habe ich«, bekräftige Jenny, warf den Kopf zurück und strich sich mit einer Hand übers Haar. »Mein eigentliches Problem ist wohl meine lebhafte Fantasie. Meine Mom sagt immer, dass meine Fantasie mit mir durchgeht. Eigentlich sagt mir das jeder und ...« Erschrocken stellte Jenny fest, dass Dr. Schindler aufgestanden war. *Er ist so groß,* dachte sie, *viel zu groß für einen Seelenklempner!*

»Es tut mir Leid, Jenny«, er warf wieder einen Blick

auf die Uhr, wobei er sich über die marineblaue Krawatte strich, »vielleicht können wir nächste Woche weiter über deine blühende Fantasie reden. Es würde mich dann auch interessieren, wie du mit deinem neuen Job zurechtkommst.«

»Ja, in Ordnung.« Jenny kam sich ganz blöd vor. Da war ihre Zeit längst vorbei, und sie regte sich über ihre blühende Fantasie auf. Nun ja, Dr. Schindler musste es mit der Zeit ja auch nicht so genau nehmen, oder? Interessierte ihn denn nur, dass er seinen Zeitplan einhielt?

»Möchtest du, dass ich dir Schlaftabletten verschreibe?«, wollte er noch wissen, während er Jenny zur Tür begleitete.

»Hören die Albträume dann auf?«, fragte Jenny hoffnungsvoll.

»Ich fürchte nicht«, erwiderte er, ohne zu lächeln. Dabei ruhte seine große Hand auf ihrer Schulter.

»Nun, dann möchte ich lieber keine.«

»In Ordnung, aber du kannst mich jederzeit anrufen, wenn du deine Meinung änderst.« Dann fügte er noch hinzu: »Lass dir doch bitte von Miss Gurney einen neuen Termin geben.«

Als Jenny die Tür aufzog und Miss Gurney, die Sprechstundenhilfe, von ihrem Schreibtisch zu ihnen herübersah, nahm Dr. Schindler rasch die Hand von Jennys Schulter.

Jenny wollte sich noch von ihm verabschieden, aber er war bereits wieder an seinen Arbeitsplatz zurückgekehrt. Also durchquerte Jenny das winzige Empfangszimmer mit den vier braunen Lederstühlen und blieb vor Miss Gurneys niedrigem Schreibtisch stehen. Die Wand hinter der Sprechstundenhilfe wurde von hohen grauen Aktenschränken eingenommen.

Miss Gurney war eine rundliche Frau mittleren Alters, deren schwarzes, zu einem strengen Knoten aufgestecktes Haar bereits einige graue Strähnen aufwies. Sie trug einen grauen Rock und eine weiße Bluse mit Stehkragen. Alles in allem sah sie sehr konservativ aus, von ihrer Brille einmal abgesehen. Das Gestell war hellrot und mit Strasssteinchen verziert. Miss Gurney schrieb gerade etwas in eine Art Logbuch und sah dann zu Jenny auf. »Was für ein hübsches T-Shirt«, sagte sie mit erstaunlich tiefer Stimme, während sie Jenny durch ihre merkwürdige Brille musterte. »Dafür, wie die Farben so zusammenlaufen, gibt es doch einen Namen.«

»Man nennt es ... äh ... gebatikt«, erklärte Jenny und sah an sich hinunter, als wüsste sie nicht mehr, was sie heute Morgen angezogen hatte. Aber ihr schwirrte der Kopf von den Erinnerungen an die schrecklichen Ereignisse des letzten Herbstes, die sie in Dr. Schindlers Praxisraum soeben noch einmal durchlebt hatte.

»Sehr hübsch«, murmelte Miss Gurney und suchte irgendetwas auf ihrem Schreibtisch. Endlich hatte sie gefunden, wonach sie Ausschau gehalten hatte, und schrieb in krakeliger Blockschrift etwas auf einen Notizblock. »Das soll dich nur an deine nächste Sitzung erinnern.« Sie riss das Notizblatt ab und wollte es Jenny schon geben, als sie laut niesen musste.

»Gesundheit«, sagte Jenny.

»Hier fliegen ganz schön viele Keime herum.« Miss Gurney nahm ein Taschentuch aus ihrer Schreibtischschublade und schnäuzte sich, bevor sie Jenny das Notizblatt reichte.

»Bis nächste Woche, dann.« Jenny verließ mit dem Zettel in der Hand die Praxis. Rasch ging sie den Flur entlang und war gleich darauf draußen auf der Straße. Gott sei Dank! Eigentlich hatte sie erwartet, dass die Sonne schien. Es war erst vier Uhr nachmittags, aber der Himmel war so dunkel wie in der Abenddämmerung. Den Pfützen auf dem Gehsteig nach zu urteilen, hatte es geregnet, während sie bei Dr. Schindler gewesen war.

Ich wünschte, ich wäre mit dem Auto hergekommen, dachte Jenny und sah zum dunklen Himmel hinauf. Zu dumm aber auch, dass ihre Mutter den Wagen gebraucht hatte. Jeden Augenblick würde es wieder anfangen zu regnen. »Na, was soll 's«, sagte Jenny schließlich.

Die feuchte Luft war ganz schön kalt, und Jenny ging rasch die Wooster-Hill-Straße hinunter, um sich aufzuwärmen. Dr. Schindlers Praxis lag in einem niedrigen Gebäude oben auf dem Hügel, das von weiteren Bürogebäuden und einigen alten Villen umgeben wurde. Die Bushaltestelle befand sich am Fuß des Hügels, vier Häuserblöcke entfernt.

Es fing an zu nieseln. Ein ziemlich kalter Nieselregen für Juni. Jenny eilte den Hügel hinunter, wobei sie einen Bogen um die tieferen Pfützen machte. Der Himmel wurde noch dunkler. Jetzt war er so schwarz wie mitten in der Nacht. Ein kalter Wind schien ihr den Hügel hinunter hinterherzujagen. Bei jedem Schritt machten ihre Sneakers schmatzende Geräusche auf dem nassen Betonboden des Gehwegs.

Wo sind bloß die Leute alle?, fragte sich Jenny und sah sich um. Die Straße war menschenleer. *Wahrscheinlich sind sie vernünftig genug gewesen, bei dem Mistwetter zu Hause zu bleiben.* Jenny befand sich mittlerweile auf Höhe des dritten Häuserblocks. Sie zitterte vor Kälte und ihr Haar und das T-Shirt waren klatschnass.

Plötzlich hörte sie Schritte hinter sich und drehte sich erschrocken um. Aber da war niemand. Komisch.

Jenny lief weiter den Hügel hinunter, wobei sie noch größere Schritte machte und sich sagte: *Jetzt hör aber auf, Jenny, fang nicht schon wieder an, dir Sachen einzubilden! Du darfst nicht zulassen, dass deine Fantasie mit dir durchgeht.*

Mittlerweile regnete es noch stärker, und wieder hörte Jenny die Schritte. Wer immer da hinter ihr ging, lief jetzt auch schneller, als wollte er zu ihr aufschließen. Als Jenny zu Bewusstsein kam, dass sie verfolgt wurde, ergriff sie eine nur allzu bekannte Panik, und sie bekam kaum noch Luft.

2. Kapitel

Ohne sich umzudrehen, fing Jenny an zu rennen.

»He!«, rief da jemand ärgerlich hinter ihr und fing ebenfalls an, schneller zu laufen.

Es regnete weiter, und hin und wieder fegte eine kalte Windböe über die Straße. Der Gehweg wurde nun ziemlich steil, da der Hügel zum Ende hin stark abfiel. Beim Rennen rutschte Jenny mit ihren Sneakern ein bisschen, besonders, wenn sie über die Pfützen sprang, denen sie vorher einfach ausgewichen war.

Ein Wagen bog von der Oakland Avenue auf die Straße ein, die den Hügel hinunterführte. Obwohl es noch so früh am Tag war, hatte der Fahrer die Schweinwerfer eingeschaltet. Das Licht fiel auf Jenny, als stünde sie im Rampenlicht, woraufhin sie sich die Augen beschatten musste. In diesem Augenblick packte sie jemand grob an der Schulter. Sie wollte schreien, aber ihr kam kein Laut über die Lippen.

»Jenny, was ist denn los?«

Sie entwand sich dem Griff und wirbelte herum. »Chuck!«

»He, warum bist du denn weggelaufen? Hast du mich nicht rufen hören?« Er sah ehrlich besorgt aus und trug nicht wie sonst sein schiefes Huckleberry-Finn-Grinsen zur Schau. Sein gelocktes blondes Haar klebte ihm nass am Kopf. Regentropfen liefen über sein sommersprossiges Gesicht. Er hatte ein weißes Hemd und einmal umgeschlagene Jeans an. Seine Turnschuhe waren lehmverschmiert und klatschnass.

»Chuck, was machst du denn hier?«

»Mich nass regnen lassen.« Er musste immer einen Scherz machen.

»Du ... Du hast mir einen ganz schönen Schrecken eingejagt«, erwiderte Jenny ärgerlich, während ihr das Herz immer noch bis zum Hals schlug.

»Das wollte ich nicht. Warum musstest du auch gleich so rennen?«

»Ich ... äh ... Ich dachte, du wärst jemand anders«, sagte Jenny schließlich, weil ihr nichts Besseres einfiel. Sie wusste selbst nicht genau, warum sie davongelaufen war. Jetzt kam sie sich deshalb ganz schön dumm vor. Aber dann auch wieder nicht. In letzter Zeit jagten ihr viele Dinge Angst ein. So vieles erinnerte sie an ... an ...

»Ich bin auch jemand anders geworden«, versuchte Chuck, einen Witz zu machen. »Deshalb bin ich so gerannt. Ich wollte vor mir selbst davonlaufen.«

»Nun, vielleicht solltest du weiterrennen«, sagte Jenny kühl, obwohl sie eigentlich nicht so abweisend klingen wollte. Chuck setzte auch sofort sein schmollendes Klein-Jungen-Gesicht auf. Dabei erschien das Grübchen in seinem Kinn, nach dem Jenny einmal so verrückt gewesen war.

Als sie es jetzt sah, fühlte sie gar nichts. Aber ihr wurde wieder bewusst, wie groß Chuck war. Er hatte die Figur eines Ringers. *Ist mir je aufgefallen, was für breite Schultern er hat und wie stark er aussieht?*, überlegte sie, bevor sie ungeduldig feststellte: »Es regnet. Ich muss jetzt zum Bus.«

»Deine Mom hat mir gesagt, dass ich dich hier auf dem Wooster Hill finden würde«, erklärte Chuck unbeirrt und fügte bedeutungsschwanger hinzu: »Deine Mutter mag mich immer noch.«

»Warum gehst du dann nicht *ihr* auf die Nerven?«, fuhr Jenny ihn an, ließ ihn stehen und überquerte im Zwielicht die Qakland Avenue. Chuck musste beinahe schon wieder rennen, um mit Jenny Schritt zu halten. »Jenny, jetzt warte doch ...«

Aber Jenny ging mit großen Schritten weiter. Die Bushaltestelle war an der nächsten Ecke. Plötzlich sah alles so unwirklich aus. Die Farben stimmten überhaupt nicht mehr. Der Himmel wirkte grünlich gelb, die regennasse Straße purpurrot. Alles schien so feucht und glänzend, und Jenny dachte: *Ich träume.*

Wieder packte Chuck sie an der Schulter – diesmal allerdings ein wenig sanfter – und brachte sie damit auf den Boden der Tatsachen zurück. Jenny drehte sich um und wusste eigentlich gar nicht, warum sie so sauer war. »Chuck, was willst du von mir?«, schrie sie, wobei sie jedes Wort extra betonte. Dabei drohte sich ihre Stimme zu überschlagen.

»Ich wollte einfach nur mit dir reden.« Chucks Augen suchten ihr Gesicht nach dem liebevollen Ausdruck ab, mit dem sie ihn sonst angesehen hatte. »Ich glaube, wir haben uns nie wirklich ausgesprochen, nachdem ...« Den Rest des Satzes verschluckte er.

»Wir haben so viel geredet, immer wieder«, sagte Jenny müde und dachte: *Noch ein halber Block bis zur Bushaltestelle.*

Auf Höhe der Hunter Street lief der Hügel langsam aus. Direkt neben dem Gehweg hatte sich vom Regen ein kleiner sprudelnder Bach gebildet, der nun die Straße hinunterfloss und vom Wasser, das sich vom Hügel her sammelte, gespeist wurde. »Ich will nicht mehr darüber reden, Chuck. Ich habe alles gesagt, was ich zu sagen hatte. Ich will auch nicht, dass du mir ständig hinterherläufst, mir überall auflauerst und mich erschreckst.« Die Worte sprudelten nur so aus ihr heraus, ähnlich dem Wasser, das den Hügel hinunterlief. Plötzlich hatte Jenny den Eindruck, von Gefühlen überwältigt zu werden, dabei war sie sowohl ärgerlich als auch traurig.

»Aber, Jenny«, sagte Chuck immer noch mit der Hand auf ihrer Schulter. »Ich will dich nicht verlieren.« Erst dann ließ er sie los und sah weg.

Er erträgt es nicht, so offen und verletzlich zu sein, *dachte Jenny.* Er albert die ganze Zeit herum, nur um seine eigentlichen Gefühle zu überspielen. Aber da steht er jetzt und zeigt mir, wie es ihm eigentlich geht. Wenn ich doch bloß noch etwas für ihn empfinden könnte. *Sie sah ihn an. Sein Gesicht war ganz blass, und die blauen Augen blickten ... traurig. Sie wollte ihm nicht wehtun. Auf einmal hätte sie am liebsten gesagt: ›Okay, Chuck, dann reden wir. Versuchen wir noch einmal, von vorn anzufangen.‹ Aber sie wusste genau, dass sie das eigentlich nicht wollte, weil sie nie wieder mit Chuck zusammen sein konnte.*

»Ich bin nicht mehr dieselbe«, sagte sie schließlich ausdruckslos und wischte sich mit dem Handrücken das Regenwasser von der Stirn.

»Bitte, Jenny ...«

»Da ist so viel passiert, Chuck. Ich bin einfach nicht mehr dieselbe. Das ... Das hat gar nichts mit dir zu tun. Ehrlich. Es liegt nur an mir. Das weiß ich genau. Es ist alles meine Schuld. Aber du musst dich nun einmal damit abfinden.«

»Das kann ich nicht!«, schrie er, und Jenny erschrak über seinen plötzlichen Zornausbruch. Unwillkürlich wich sie zurück und trat dabei in eine tiefe, kalte Pfütze. Das Wasser lief ihr in die Schuhe und durchtränkte ihre Socken.

»Ich werde mich nie damit abfinden!«, schrie Chuck.

Jenny versuchte, sich auf ihn zu konzentrieren und sich zu überlegen, was sie ihm antworten konnte, damit er ein für alle Mal akzeptierte, dass es zwischen ihnen aus war. Aber die glänzenden, ineinander verschwimmenden Farben lenkten sie ab. Das war alles so merkwürdig. Der grüne Himmel, der weder aussah wie sonst am Nachmittag noch wie abends. Dann die glänzende, glitschige Straße und die glühenden Flecken blauen Grases jenseits des Gehwegs. Schließlich die beiden weißen Lichtkegel, die so schnell näher kamen.

Alles war plötzlich unscharf geworden und schien zusammenzulaufen. Dadurch dauerte es eine halbe Ewigkeit, bis Jenny bewusst wurde, dass es sich bei den Lichtkegeln, die jetzt gleißend hell und ganz dicht vor ihr waren, um die Schweinwerfer des Stadtbusses handelte, mit dem sie nach Hause fahren wollte. Sie brauchte so lange, um das zu begreifen, dass der Bus beinahe ohne sie weitergefahren wäre. Aber kurz bevor der Fahrer den Hebel zum Schließen der Türen betätigte, sprang sie auf die erste Stufe und zog sich in den Bus. Sie hörte noch, wie Chuck ärgerlich hinter ihr her schrie und sie gleich darauf anflehte, doch zu bleiben.

Die Türen schlossen mit einem satten Schmatzen und der Bus fuhr an. Während die Scheibenwischer über die mit Regentropfen besprenkelte Windschutzscheibe zu schaben begannen und schließlich mit einem rhythmischen Klicken einen Bogen nach dem anderen beschrieben, hörte Jenny, wie Chuck ihr drohte und sie erneut beschimpfte.

Armer Chuck!

Aber sie entzog sich ihm nun, genauso wie seinen ärgerlichen Worten, als befände sie sich in einem Traum, bei dem sie selbst bestimmen konnte, dass sie immer weiter und weiter von ihm wegging. Als sie durchs rückwärtige Fenster des Busses sah, wie Chuck immer kleiner wurde, dachte sie: *Ich bin frei, frei, frei ...*

»He, was ist mit deinem Fahrschein?« Die raue Stimme des Busfahrers holte Jenny in die Wirklichkeit zurück.

»Wie bitte?«

»Du musst noch zahlen!«, fuhr der Fahrer sie an. »Wird's bald?«

»Ach so, Entschuldigung.« Jenny suchte in den Taschen ihrer Jeans nach Kleingeld.

Ich hätte einfach nicht herkommen sollen, sagte sich Jenny. Am Firmament war kein einziger Stern zu sehen, und sie hatte den Eindruck, als fiele ihr der Himmel gleich auf den Kopf. Da war auch kein Mond und keine Wolken. Nur undurchdringliche Dunkelheit. *Ich hätte nicht herkommen sollen.* Jenny stand auf dem felsigen Untergrund und blickte starr in die Dunkelheit. Da irgendwo, nur wenige Meter von ihr entfernt, musste die Grube sein, bei der es schier endlos in die Tiefe ging: der Steinbruch.

Was hatte sie nur wieder hierher geführt, zurück an diesen schrecklichen Ort? Welche Mächte zwangen sie, sich die furchtbare Szenerie noch einmal vor Augen zu führen? Was glaubte sie denn, diesmal hier zu finden? *»Jenny, Jenny«*, hörte sie da eine innere Stimme, *»du kannst nicht erwarten, dass du Sachen vergisst, wenn du der Erinnerung nachjagst.«*

Es wurde noch dunkler, aber nichtsdestotrotz wusste Jenny, dass sich der gefährlich steile Abhang direkt vor ihr befand. Sie wusste, dass sie ganz nah am Abgrund stand, so nah, dass sie die *Leere* dahinter beinahe fühlen konnte, und auch das abrupte Gefälle.

»Du kannst nicht erwarten, dass du Sachen vergisst, wenn du der Erinnerung nachjagst.« Was war bloß damit gemeint?

Aber Jenny hatte keine Zeit, sich darüber Gedanken zu machen. Selbst in der Dunkelheit konnte sie die beiden Hände sehen, die plötzlich am Abgrund auftauchten. Selbst im Dunkeln erkannte sie, wie sie sich an den Felsvorsprung klammerten. Zwei Hände, die aus der Grube rasten. Zwei Hände von ganz da unten. Blutverschmiert krallten sie sich ins harte Felsgestein.

Als Nächstes erschien der Kopf eines Mannes. Seine Hände tasteten sich weiter nach vorn, seine Armmuskulatur straffte sich, und der Kopf schien höher zu steigen wie ein blutroter, zermatschter Mond. Ein Mondgesicht mit dunklen Augenhöhlen und Schlagseite, der über einer Schlucht aufging.

»O nein! Mr. Hagen!«

Er zog sich über die Kante, ging auf die Knie und starrte Jenny an. Ein Teil des Muskelgewebes und der Haut in seinem Gesicht war weggerissen. Darunter kamen seine Wangenknochen zum Vorschein. Die verbliebene Haut hing schlaff herab. Es sah aus, als grinste er sie an. Dabei ließ er Jenny keine Sekunde aus den Augen.

»Mr. Hagen! O nein!«

Er lachte. Aber es hätte auch das Flüstern des Windes sein können – eines ganz trockenen Windes – oder das Geräusch von Asche, wenn sie in alle Winde verstreut wird. Mr. Hagen wankte auf Jenny zu und streckte die Arme nach ihr aus. Bei einem Arm war die

Haut am Ellbogen abgeschürft und der bloße Knochen sah hervor.

»Mr. Hagen, es war nicht meine Schuld!« Obwohl Jenny das selbst gesagt hatte, hatte sie den Eindruck, als käme die Stimme von weit, weit her. Jenny versuchte, wegzulaufen, aber ihre Beine gehorchten ihr nicht mehr. Sie konnte sich nicht einmal von Mr. Hagen abwenden. Nicht einmal *wegsehen!*

»Mr. Hagen, bitte nicht!« Dann fing sie an zu schreien. Mund und Augen standen weit offen, und sie schrie aus Leibeskräften.

»Jenny, Jenny! Bitte, Jenny!«

Jetzt hatte er sie gepackt und ihr den Arm mit dem zerschundenen Ellbogen umgelegt. Sein entstelltes Gesicht kam näher ...

Nein!

»Jenny, Jenny, so wach doch auf!«

Es war ihre Mutter, die sie so festhielt. Der Schrecken des Traums ließ allmählich nach. »Mom?«

»Jenny, Jenny, wach auf. Du hast schon wieder geträumt.«

»Wie bitte? Ich ...«

»Es war nur ein Traum, Jenny. Schon wieder ein Albtraum«, flüsterte Mrs. Jeffers.

Langsam gelang es Jenny, den Raum um sich herum wahrzunehmen: die blaue Lampe auf der Kommode; die Gardinen am Fenster, die sich sacht im Wind bewegten; ihre Mutter, die plötzlich so viel älter aussah und auch so ... so ängstlich.

»Es tut mir Leid, Mom«, sagte Jenny kleinlaut und immer noch schläfrig. »Es war schon wieder dieser Traum.«

»Jenny, Jenny«, flüsterte ihre Mutter beruhigend, während sie ihre Tochter immer noch im Arm hielt.

»Es ... Es sah alles so echt aus.«

»Aber das war es nicht«, antwortete Mrs. Jeffers, »das war es nicht.«

»Ich hatte den Eindruck, als wäre ich wirklich da gewesen. Als hätte ich wieder am Abgrund gestanden.«

»Jenny, Jenny«, wiederholte ihre Mutter, »das war nicht echt. Glaub mir, mein Kind, so etwas passiert dir nie wieder.«

3. Kapitel

»Na, dann mal los!«

Jenny stand am Fuß der geschotterten Auffahrt und sah die leicht abfallende Rasenfläche hinauf, die zum Haus der Wexners führte. Dabei handelte es sich um ein zweistöckiges mit grauen Schindeln versehenes Gebäude, das nicht besonders groß war und etwas von einem quadratischen Kasten hatte. Ein rot-weißes Mountainbike für Jungen lehnte am Geländer der Treppe, die zur Haustür hinaufführte. Die Hecken, die das Grundstück umgaben, waren ordentlich geschnitten. Auch das Gras sah aus, als hätte man es mit großer Sorgfalt gemäht.

Als Jenny die Auffahrt hinaufging und ihre Sneakers auf dem Schotter knirschten, ließ ihre Nervosität ein wenig nach. *Wenigstens ist es kein total heruntergekommenes Herrenhaus wie bei den Hagens,* sagte sie sich und erinnerte sich mit Schaudern, dass der alte Kasten der Hagens wie die Kulisse eines Horrorfilms ausgesehen hatte. Dagegen wirkte das Haus der Wexners richtig gepflegt und einladend.

Von der Auffahrt aus konnte Jenny einen Blick in den rückwärtigen Garten werfen, der ebenfalls ordentlich gemäht war. Hier und da standen kleine Buchsbäumchen. Hinter den Büschen ging bereits die Sonne unter, und der Himmel wies ein hübsches Rosagrau auf.

Jenny stieg die drei Treppenstufen bis zur Haustür hinauf. Als sie gerade anklopfen wollte, öffnete ihr ein

Mann. »Oh, hallo«, sagte er und hielt Jenny die Tür auf. »Ich habe dich schon die Auffahrt heraufkommen sehen. Bist du etwa gelaufen?«

»Ja«, antwortete Jenny und ging ins Haus. »Ich wohne nur zwei Häuserblöcke entfernt.«

»Ach so, ich glaube, das sagtest du bereits.« Er bedeutete ihr, ins Wohnzimmer zu gehen, das klein, aber hübsch eingerichtet war, mit gepolsterten Rattanmöbeln, dazu passendem Ohrensessel und einem niedrigen Wohnzimmertisch. Hinter dem Sofa hingen treppenartig versetzt drei Aquarelle, die unterschiedliche Orchideen darstellten.

»Schöne Bilder«, sagte Jenny.

»Meinst du wirklich?« Mr. Wexner schien sich geschmeichelt zu fühlen. »Rena hat sie gemalt. Meine Frau. Sie hat ziemlich viel Talent. Ich sage ihr immer, sie soll doch noch mehr machen. Aber im Augenblick hat sie keine Zeit dazu.«

Mr. Wexner war nicht besonders groß und sehr schlank. Jenny schätzte ihn auf Mitte Dreißig. Er hatte ein schmales Gesicht und hellbraunes Haar, das sich bereits ein wenig zu lichten begann. Es war ganz kurz geschnitten und erinnerte Jenny unwillkürlich an den ordentlich gemähten Rasen. Mr. Wexner trug ein dunkelblaues Polohemd und Khakihosen mit Bügelfalte.

»Rena und ich bleiben nicht so lange weg«, sagte er nun und bedeutete Jenny, im Ohrensessel Platz zu nehmen. »Wir besuchen nur Freunde.«

»Wo ist Eli?«, fragte Jenny und sah zum Fenster hinaus. Bei der Treppe zur Eingangstür hoppelte ein Kaninchen.

»Gute Frage!« Mr. Wexner lächelte. »Ich schätze mal, oben in seinem Zimmer. Bestimmt bastelt er an irgendwas. Eli ist technisch ziemlich begabt. Aber das wirst du bald selbst feststellen«, fügte er leise lachend hinzu. »Er bindet nämlich jedem auf die Nase, wie viel Ahnung er davon hat. Ich fürchte, bescheiden kann man meinen Sohn nicht nennen.«

»Das sind die wenigsten Zehnjährigen.« Auch Jenny lachte.

»Ich wünschte nur, Eli würde sich auch wie ein Zehnjähriger benehmen.« Mr. Wexners Lächeln verschwand, und Jenny überlegte: *Was hat er wohl damit gemeint?*

Mit einem Mal sah Mr. Wexner richtig besorgt aus. »Wie auch immer, ich bin gleich zurück.« Er drehte sich um und eilte die Treppe hinauf, die der Haustür gegenüberlag.

Jenny ging zum Fenster, um nach dem Kaninchen Ausschau zu halten, aber es war verschwunden. Drei Regalböden des Bücherregals unterhalb des Fensters standen voll mit Romanen, die mysteriöse Phänomene zum Inhalt hatten. Nervös studierte Jenny eine Zeit lang die Titel und hoffte, dass die Wexners bald gingen, damit sie mit Eli spielen oder sich einfach nur entspannen konnte.

»Hallo, Jenny. Tut mir Leid, dass wir sofort losmüssen. Wir können uns ja nächstes Mal unterhalten. Ich habe dir die Telefonnummer, unter der du uns erreichen kannst, auf diesen Block geschrieben.« Mrs. Wexner stand am Fuß der Treppe und sprach ziemlich schnell, allerdings beinahe in Flüsterlautstärke, sodass Jenny im Wohnzimmer kaum etwas verstehen konnte.

Elis Mutter war schlank und zierlich – kleiner als Jenny. Sie hatte blondes, jungenhaft kurz geschnittenes Haar und beeindruckend große Augen sowie ein Tatoo auf der rechten Schulter. Sie trug ein blassblaues ärmelloses T-Shirt zu einer weißen Hose und Sandalen.

»Hallo, Mrs. Wexner«, sagte Jenny und ließ die Bücher Bücher sein.

»Bitte nenn mich doch Rena. Eli ist oben in seinem Zimmer. Warum gehst du nicht zu ihm rauf und sagst hallo? Er wartet schon auf dich.«

»Okay ...«, fing Jenny an, aber Mrs. Wexner redete einfach weiter. »Lass dich von ihm nicht einwickeln, wenn du weißt, was ich meine. Manchmal muss man einfach streng mit Eli sein. Aber nicht *zu* streng, wenn du weißt, was ich meine. Er ist sehr sensibel. Ich meine ... Nun, du wirst es ja sehen. Außerdem ist er unheimlich clever, weißt du? Manchmal vergessen wir ganz, dass er erst zehn –«

»Jetzt hör schon auf, Rena!«, rief da Mr. Wexner aus der Küche. »Du vertreibst Jenny noch, bevor sie überhaupt angefangen hat!«

»Okay, tut mir Leid«, sagte Mrs. Wexner, die sich mit ihrer Fistelstimme anhörte wie ein kleines Mädchen. »Manchmal rede ich einfach zu viel. Aber es gibt Schlimmeres, nicht wahr?«

Jenny lachte, weil sie nicht wusste, was sie sonst tun sollte.

Mrs. Wexner schien ihr Lachen ein wenig zu überraschen. Sie nahm ihre Handtasche, wühlte darin herum, schloss sie wieder und eilte zur Küche. »Bis später dann, Jenny. Fühl dich wie zu Hause!«, rief sie noch.

Jenny hörte die Tür, die von der Küche in den Garten führte, zufallen. Sekunden später wurde ein Wagen angelassen. Jenny beobachtete vom Wohnzimmerfenster aus, wie die Wexners in ihrem blauen Volvo rückwärts die Auffahrt hinunterfuhren, und sagte schließlich laut: »Ich denke mal, es wird Zeit, mich mit Eli bekannt zu machen.«

Als sie die Treppe hinaufging, dachte sie darüber nach, was Mrs. Wexners zu ihr gesagt hatte. *Sie hat so nervös gewirkt,* überlegte Jenny. *Warum hat sie bloß gedacht, sie müsste mich vor Eli warnen? Ist das Kind denn ein Ungeheuer?*

Sofort stellte sie sich vor, dass ein Monster oben am Treppenabsatz auf sie lauerte. Eine kleine, gebeugte Gestalt mit hervorquellenden roten Augen und offen stehendem Mund, aus dem der Speichel troff, während es hässlich vor sich hinkicherte und darauf wartete, sie anzufallen, sobald sie in Sicht kam.

Hör auf, Jenny!, schimpfte sie nun mit sich, und bis sie oben ankam, hatte sie beschlossen, dass Eli wahrscheinlich nur ein bisschen überspannt war.

Von einem schmalen Flur gingen zwei Schlafzimmer und ein Badezimmer ab. Die Tür am Ende des Flurs erwies sich als Eingang zu Elis Zimmer. Sie war offen. Jenny blieb an der Schwelle stehen und sah hinein. Eli saß an einer langen weißen Arbeitsplatte, die die gesamte Breite der gegenüberliegenden Wand einnahm. Auf der Platte standen alle möglichen elektrischen Geräte und Werkzeuge. An der Wand hing nur ein M.-C.-Escher-Poster. Dabei handelte es sich um einen Kunstdruck, der ein abstraktes Gemälde darstellte, auf dem verschiedene, miteinander verbundene Formen zu sehen waren, die sich unendlich widerzuspiegeln schienen. *Merkwürdiger Wandschmuck für ein Kinderzimmer!,* dachte Jenny.

Eli saß mit dem Rücken zur Tür. Er tippte superschnell etwas in die Tastatur seines Computers. Sein Kopf und sein Oberkörper wirkten ganz dunkel gegen den Widerschein des Monitors.

»Hallo«, rief Jenny, die immer noch an der Tür stand, aber Eli schrieb einfach weiter.

»Hallo!«, wiederholte Jenny und schrie diesmal beinahe.

Eli tippte noch ein bisschen, bevor er sich auf seinem Bürostuhl herumdrehte. »Hallo«, sagte er dann, ohne zu lächeln. Sein Gesicht war genauso schmal wie das seines Vaters und ähnlich ausdrucksstark. Sein dichtes blondes Haar hatte heute offensichtlich noch keinen Kamm gesehen und die dunklen Augen ähnelten denen seiner Mutter, wobei sie bei ihm noch beeindruckender wirkten, weil er so blass war und auch das Haar keinen besonderen Kontrast zu seinen Gesichtszügen bildete. Er trug ein Scary-Movie-T-Shirt zu übergroßen Jeans.

»Ich bin Jenny«, sagte Jenny und wagte sich einige Schritte ins Zimmer hinein.

»Ich weiß«, antwortete Eli und kratzte sich am Ohr. »Du bist Jenny Jeffers und wohnst zwei Häuserblöcke von hier auf der Sycamore. Du gehst in die Harrison Highschool und wirst zwei Tage und zwei Abende in der Woche auf mich aufpassen.«

»He, das stimmt!«, sagte Jenny. »Ich bin beeindruckt.«

Er zuckte mit den Schultern. »Ich brauche keinen Babysitter«, erklärte er dann, nach wie vor ohne eine Miene zu verziehen. Dabei wirkte er weder freundlich noch unfreundlich.

»Aber ich vielleicht«, scherzte Jenny.

»Ich habe diesen Computer selbst gebaut«, sagte Eli, ohne auf Jennys Witz einzugehen.

»Tatsächlich? Du hast die Einzelteile selbst zusammengefügt? Jetzt bin ich wirklich beeindruckt!« Jenny kam ein wenig näher, um besser sehen zu können.

»Aus einem Bausatz«, erklärte Eli. »Aber ich habe ihn verändert und eine bessere Grafikkarte und zusätzlichen Speicher eingebaut.«

»Wahnsinn«, sagte Jenny und beugte sich vor, um etwas auf dem Bildschirm erkennen zu können.

»Hast du überhaupt Ahnung von Computern?«, fragte Eli nun.

»Ein bisschen. Genug, um meine Hausaufgaben damit zu machen.«

Zum ersten Mal lächelte Eli, und Jenny dachte: *Was für ein süßes Lächeln! Jetzt sieht er gar nicht mehr so erwachsen aus.*

»Ich brauche wirklich keinen Babysitter«, sagte er nun und wurde wieder ernst. »Du könntest jetzt sofort nach Hause gehen, und ich hätte kein Problem damit.«

Jenny verletzte, dass Eli schon wieder betont hatte, sie sei überflüssig. »Möchtest du denn, dass ich gehe?«

Eli hatte sich erneut seinem Computer zugewandt. »Ich bin ein Technikgenie, weißt du. Das haben zumindest die Leute gesagt, die den Test mit mir gemacht haben. Ich habe alle Tests bestanden, die sie da in der Innenstadt anbieten, und sie haben gesagt, ich sei ein Technikgenie. Weißt du, wie hoch mein Intelligenzquotient ist?«

»Nein. Wie hoch?«, fragte Jenny ein wenig erstaunt, dass der Junge so angab.

»Über 180. Das ist echt hoch. Und wenn ich älter werde, steigt mein IQ wahrscheinlich noch, weil ich dann weiß, worauf die Tests hinauslaufen und besser abschneiden kann.«

»Toll!« Jenny überlegte, ob sie ihn nun ermutigen oder ihm erklären sollte, dass es besser wäre, ein wenig bescheidener zu sein.

»Wie hoch ist dein IQ?«

»Keine Ahnung.«

»Echt, das weißt du nicht?« Eli streckte die Hand aus und zog Jenny am Arm.

Seine Hand kam Jenny unheimlich klein vor. Wie konnten so kleine Hände einen Computer zusammensetzen?

»Sag mir jetzt, wie hoch dein IQ ist!«, verlangte Eli und zerrte an Jennys Ärmel.

»Das weiß ich wirklich nicht«, beharrte Jenny. »Ich habe noch nie einen IQ-Test gemacht.«

»Warum nicht? Weil du zu blöd bist?« Eli brach in schallendes Gelächter aus, das sich irgendwie total überzogen und schrill anhörte.

»Das ist aber nicht nett von dir«, sagte Jenny ein wenig genervt. »Ich bin nicht blöd.«

»Warum hast du dann noch keinen IQ-Test gemacht?« Immer noch hielt er sie am Arm fest.

Versucht er jetzt freundlich zu sein?, überlegte Jenny. *Warum hält er mich überhaupt so fest?* Dann sagte sie ungeduldig: »Ich weiß nicht. Reden wir von etwas anderem. Erzähl mir mehr von deinem Computer. Was machst du damit?«

»Das verstehst du doch nicht!« Eli seufzte.

»Warum nicht?«

»Weil du kein Technikgenie bist wie ich.«

»So etwas zu sagen, ist auch nicht gerade nett, Eli«, erklärte Jenny und dachte: *Du meine Güte, da bin ich nun gerade einmal fünf Minuten mit diesem Knirps zusammen und halte ihm schon Vorträge.*

»Ich zeige dir noch was, was ich gebaut habe.« Elis große dunkle Augen leuchteten im Widerschein des Monitors. Dann legte er sich einen Finger auf den Mund und machte: »Schh!«

»Ist es ein Geheimnis?«, fragte Jenny flüsternd.

»Meine Eltern dürfen es nicht wissen.« Eli zog einen Pappkarton unter der Arbeitsplatte hervor.

»Vielleicht solltest du es mir auch nicht zeigen, wenn deine Eltern nichts davon erfahren dürfen«, gab Jenny zu bedenken, aber Eli antwortete: »Das ist schon in Ordnung. Du bist ja nur die Babysitterin.«

Langsam glaube ich wirklich, dass er mich verletzen will. Vielleicht versucht er auch nur herauszubekommen, wie weit er bei mir gehen kann und inwieweit er sich daneben benehmen darf. Andererseits ist er viel zu clever, um nicht zu wissen, dass er mich damit soeben beleidigt hat. Oder etwa nicht? Immerhin ist er erst zehn. *Am Ende kam Jenny zu dem Schluss, dass Eli definitiv eine Herausforderung darstellte.*

»Siehst du?« Eli zog ein Gebilde aus Leiterplatten und Drähten aus dem Karton.

»Mensch!«, sagte Jenny und überlegte krampfhaft, was das Ding in Elis Händen wohl sein könnte.

Er reichte es ihr. »Es ist ein Telefon. Rena und Michael wollen nicht, dass ich einen eigenen Apparat habe.«

»Rena und Michael?«, fragte Jenny ein wenig überrascht nach, und Eli erwiderte ungeduldig: »Meine Eltern, natürlich.« Dann nahm er, das Telefon Marke Eigenbau wieder an sich und legte es vorsichtig in den Karton zurück. »Sie wollen nicht, dass ich von meinem Zimmer aus telefoniere, weil sie Angst haben, dass ich damit Unfug treibe.«

»Und da hast du dir einfach dein eigenes gebaut?«

Er nickte. »Es funktioniert sogar. Ich habe es schon ausprobiert. Direkt unter der Arbeitsplatte hier ist ein Anschluss. Siehst du?« Er bückte sich und zeigte Jenny die Buchse.

»Wen rufst du denn mit deinem Geheimtelefon an?«

Er zuckte mit den Schultern. »Eigentlich niemanden. Ich meine ... so viele Freunde habe ich nicht.«

Jenny fühlte sich irgendwie nicht wohl dabei, dass Eli plötzlich so offen zu ihr war. Ein merkwürdiger Junge! In der einen Sekunde beleidigte er sie und sagte, dass sie nur die Babysitterin sei und er sie eigentlich überhaupt nicht brauche. Und im nächsten Moment hielt er sie am Arm fest und vertraute ihr nicht nur an, dass er heimlich ein Telefon gebaut hatte, sondern auch, dass er eigentlich ziemlich allein war.

»Hast du denn schon mal versucht, Freundschaften zu schließen, Eli?«

»Freunde sind dumm.«

»Wie bitte?«

»Sie sind dumm. Die Kinder in der Schule sind blöde Langweiler. Dumme blöde Langweiler.«

Jenny wusste nicht, was sie darauf erwidern sollte. Sie wollte mit dem Jungen keine Grundsatzdiskussion darüber führen, wie wichtig Freundschaften waren. Aber andererseits sollte er auch nicht denken, die anderen Kinder seien zu blöd und es nicht wert, seine Freunde zu sein.

»Ich zeige dir jetzt mal meine richtigen Freunde«, sagte er und zog Jenny am Ärmel.

»Wie meinst du das, Eli? Wo bringst du mich hin? Jetzt zieh doch nicht so!« Für seine schmächtige Gestalt war er erstaunlich stark.

»Ich will dir doch nur was zeigen. Mach einen Moment die Augen zu!«

Gehorsam schloss Jenny die Lider. Als sie sie wieder öffnete, hielt Eli ihr eine Schuhschachtel vor die Nase.

»Was ist da drin?«

»Steck die Hand rein, dann weißt du's!«

»Wie bitte?«

»Es ist nicht schlimm, Jenny. Ich versprech's. Nimm den Deckel ab und steck die Hand rein.«

»Kommt nicht in die Tüte.«

»Jetzt mach schon! Es passiert nichts. Ich versprech's. Bitte, steck die Hand rein.«

»Nein, ich will nicht«, sagte Jenny, aber der Junge schien beleidigt, dass sie ihm nicht traute. »Na, meinetwegen. Wenn du es wirklich versprichst.« Wahrscheinlich hatte er da nur eine Schildkröte oder einen Hamster drin. Sie wollte nicht, dass er sie auch für einen blöden Langweiler hielt. Also schob sie den Deckel ein paar Zentimeter zur Seite und ließ die Hand in die Schachtel gleiten. Aber dann riss sie den Mund weit auf und fing an zu schreien.

4. Kapitel

»Es war eine Tarantel«, sagte Jenny und zitterte im Nachhinein noch am ganzen Körper. »Können Sie sich das vorstellen? Dieser Knirps hat mir eine Riesenspinne in die Schachtel getan. Er besitzt drei davon. Das sind seine Haustiere.« Jenny hielt inne, um sich am Arm zu kratzen. Auf einmal juckte es sie überall.

Dr. Schindler hinter seinem Schreibtisch beugte sich ein wenig nach vorn und spielte dabei mit einem silbernen Brieföffner. »Und was hast du dann getan?« Das war das erste Mal, dass er etwas sagte, seitdem sie begonnen hatte, ihm von ihrem ersten Abend bei den Wexners zu erzählen.

»Ich ... Ich habe geschrien und die Schachtel fallen lassen.« Immer noch sah sie die große behaarte Spinne vor sich. »Das Ding rollte aus der Schachtel und kam direkt auf mich zu.«

Dr. Schindlers Gesicht zeigte keinerlei Regung. Er spielte einfach nur weiter mit dem Brieföffner.

»Ich bin ausgewichen«, fuhr Jenny fort. »Ich *hasse* Spinnen, das habe ich schon immer. Aber Eli fand das Ganze furchtbar witzig. Er war richtig aufgedreht und lachte, bis ihm Tränen übers Gesicht liefen. Ich ... Ich hätte ihn am liebsten umgebracht.«

»Das meinst du doch nicht im Ernst?« Dr. Schindler sah zum Rekorder hinüber, um festzustellen, ob noch genügend Platz auf der Kassette für die Sitzung war.

»Nein, eigentlich nicht«, stimmte Jenny ihm zu. »Aber das war so gemein. Ich meine, da bringt er mich dazu, die Hand in die Schachtel zu stecken, und dann ist er vor Begeisterung darüber, dass er mich erschreckt hat, total aus dem Häuschen. Nur weil sein Trick funktioniert hat. Und wie er dabei ausgesehen hat! Irgendwie ... böse. Anders kann ich es nicht beschreiben. Er hat böse ausgesehen und immer weiter gelacht.«

»Was ist dann passiert?«, fragte Dr. Schindler mit Blick auf die Schreibtischuhr.

»Eli hat einen Handschuh angezogen, die Tarantel aufgehoben und in den Glaskasten zurückgebracht, in dem er sie normalerweise hält – wohlgemerkt, ohne sich bei mir zu entschuldigen. Ich habe ihm erklärt, dass man niemandem einen so gemeinen Streich spielen darf. Aber das Einzige, was *er* dazu sagte, war: ›Tarantelbisse können tödlich sein!‹«

»Eli ist erst zehn, stimmt's?« Der Psychiater kritzelte etwas auf seinen Notizblock.

»Ja, aber das hatte nichts mehr mit einem Streich zu tun, den Zehnjährige einem normalerweise spielen.« Jenny hatte plötzlich den Eindruck, sich verteidigen zu müssen. »Er ... Er hat das Ganze viel zu sehr genossen.«

»Was meinst du damit, Jenny?«

»Ich hatte irgendwie den Eindruck, dass er mich absichtlich verletzen wollte. Ich meine ... er fand es doch ausgesprochen witzig, dass ich mich so erschreckt habe.«

»Bist du sicher, dass du das Ganze nicht überbewertest?«

»Das glaube ich nicht. Wirklich nicht.«

»In Ordnung, was geschah dann? Nachdem er die Tarantel wieder in den Käfig gesetzt hat, meine ich.«

»Ich habe versucht, mich zu beruhigen. Aber ich

war immer noch unheimlich wütend auf Eli, und das habe ich ihm auch gesagt. Ich habe gesagt, er soll mir bloß nicht noch einmal so einen Streich spielen.«

»Hat er dich ernst genommen?«

»Das weiß ich nicht«, entgegnete Jenny nachdenklich. »Nachdem ich ihn ausgeschimpft hatte, fing er an zu schmollen. Er hat mir den Rücken zugedreht und sich wieder mit seinem Computer beschäftigt. Den Rest des Abends hat er nicht mehr mit mir geredet.«

»Überhaupt nicht?«

»Nein, kein Wort. Ich bin nach unten gegangen und habe ferngesehen. Eli hat sich den ganzen Abend nicht blicken lassen. Er ist sogar allein ins Bett gegangen. Ich konnte es kaum glauben.«

»Woher weißt du, dass er sich hingelegt hat?«

»Um halb elf bin ich noch einmal hoch in sein Zimmer, um nach ihm zu sehen, und da hat er bereits tief geschlafen. Die Bettdecke hatte er bis unters Kinn hochgezogen. Es war so komisch. Ich meine, ich war doch böse auf *ihn*. Eigentlich hatte er kein Recht, böse auf *mich* zu sein.«

Das erste Mal während dieser Sitzung lächelte Dr. Schindler. »Ich glaube, wir sollten im Zusammenhang mit einem Zehnjährigen nicht von Rechthaberei reden.«

Jenny runzelte die Stirn. »Als seine Eltern nach Hause kamen, habe ich ihnen erzählt, was passiert ist. Aber sie haben sich nur angesehen, als wollten sie sagen: ›Nicht schon wieder!‹«

»Haben sie sich gar nicht dazu geäußert?«

»Rena, Elis Mutter, meinte nur, dass ich versuchen sollte, Eli nicht zu ärgern. Denn wenn er erst einmal sauer sei, wäre es schwierig, ihn wieder zu beruhigen. Sie haben sich nicht für ihren Sohn entschuldigt, oder so was. Und sie haben auch nicht gesagt, dass sie ihn bestrafen würden. Sie hatten nur Angst, er könnte vielleicht sauer auf mich werden. Das war das Einzige, was sie interessierte. Ich hatte den Eindruck, dass Eli schon eine Menge Babysitter vergrault hat. Obwohl er so clever ist, scheint er ziemlich schwierig zu sein.«

»Glaubst du, du kommst mit ihm klar?«

Jenny zuckte mit den Schultern. »Das hoffe ich. Die Wexners zahlen mir zwölf Dollar die Stunde. Ich würde den Job wirklich gern behalten.«

»Hast du wieder diese Albträume gehabt?«, wechselte Dr. Schindler nun das Thema. Doch dann sah er erneut auf die Uhr. »Oh, es tut mir Leid, aber darüber müssen wir beim nächsten Mal reden.« Er schaltete das Aufnahmegerät aus und stand auf. Auch Jenny erhob sich und kam sich irgendwie komisch vor. Sie wusste nie, was sie sagen sollte, wenn Dr. Schindler ihr Gespräch nicht mehr aufzeichnete.

»Eli scheint mir ein recht interessantes Kind zu sein.« Dr. Schindler fuhr sich mit der Hand durchs kupferfarbene Haar und streckte sich. »Vielleicht sitzt er auch bald auf meiner Couch.« Er lachte leise über seinen kleinen Scherz.

Jenny verabschiedete sich und öffnete die Tür zum Wartezimmer. Miss Gurney stand an einem Aktenschrank und legte Kassetten ab. Als Jenny ins Zimmer kam, drehte sie sich rasch zu ihr um und nahm einen Briefumschlag vom Schreibtisch. »Gib die Rechnung bitte deiner Mutter«, sagte sie mit ihrer erstaunlich tiefen Stimme.

»Ja, mach' ich. Jenny steckte den Umschlag in die Jackentasche.

»Mir gefällt deine Frisur. Was für eine hübsche Haarfarbe du hast«, sagte sie lächelnd.

»Danke.« Jenny erwiderte ihr Lächeln.

»Dr. Gurney ist ein wunderbarer Mann«, fügte die Sprechstundenhilfe noch hinzu, bevor sie zum Aktenschrank zurückkehrte. Schnell verbesserte sie sich: »Ich ... Ich meine Dr. Schindler. Ich war auch einmal seine Patientin.«

»Wie nett«, erklärte Jenny betreten. »Äh ... bis nächste Woche dann.« Rasch verließ sie die Praxis.

Ihre Freunde Claire und Rick warteten bereits im ›Pizzaofen‹ in der Einkaufsgalerie auf sie. Eine große Pepperonipizza stand vor ihnen auf dem Tisch. Einige Stücke hatten die beiden schon vertilgt.

»Danke, dass ihr mit dem Essen auf mich gewartet habt«, sagte Jenny spöttisch und verdrehte die Augen. Dann zwängte sie sich neben Claire auf die rote Plastikbank.

»Rick hatte so'n Hunger.« Claire wischte sich mit einer Papierserviette Tomatensoße vom Kinn.

»Claire hatte so'n Hunger«, sagte Rick, schob den Pizzateller in Jennys Richtung und grinste breit. »Sie ist noch warm.«

Die beiden waren erst seit kurzem Jennys Freunde – erst seitdem ihr all die schrecklichen Dinge bei den Hagens passiert waren. Claire und Jenny kannten sich noch von der Grundschule, aber früher waren sie nicht befreundet gewesen. Rick war schon lange Claires Kumpel und Jenny nun die Dritte im Bunde.

Rick sah gut aus. Er war groß, hatte schwarze Locken und ein knuffiges Grinsen. Claire war sehr schlank und fast einen Kopf größer als Jenny. Sie hatte braune Augen und glattes braunes Haar, das sie normalerweise zum Pferdeschwanz gebunden trug. Sie würde bestimmt einmal sehr hübsch werden. Aber noch machten sich die Jungen darüber lustig, dass sie so dünn war. Claire fand das natürlich nicht witzig. Ohnehin war sie ziemlich ernst und damit das ganze Gegenteil von Rick.

Doch Jenny mochte Claire gerade wegen ihrer Ernsthaftigkeit. Claire machte nur selten mal einen Witz und verstand auch fast nie einen. Dafür zeigte sie ein ehrliches Interesse an ihr und war sehr mitfühlend. Das tat Jenny sehr gut. In letzter Zeit war ihr nur selten danach herumzualbern, und sie hatte auch keine Lust, geneckt zu werden.

»Chuck ist hier gewesen«, sagte Claire. »Er hat dich gesucht.«

Jenny seufzte. »Er gibt einfach nicht auf.«

»Chuck ist ein guter Kerl«, meinte Rick jetzt, nur um Jenny zu ärgern.

»Dann geh du doch mit ihm!«

»Er ist nicht mein Typ.« Rick nahm sich noch ein Stück Pizza.

»Ich bin froh, dass ihr beide Zeit habt, euch in der Mittagspause mit mir zu treffen«, sagte Jenny, um das Thema zu wechseln. Die beiden arbeiteten in den Sommerferien im Schuhladen von Ricks Onkel in der Einkaufsgalerie.

»Und ich find's schön, mal wieder mit jemandem zu reden, der keine Schweißfüße hat«, erklärte Rick und lachte über seinen eigenen Witz.

»Wie geht's dir denn, Jenny?«

»Oh, ganz gut, glaube ich«, erwiderte Jenny achselzuckend. »Ich habe Dienstagabend mit diesem Babysitter-Job angefangen.«

»Und?«, fragte Claire. Rick und sie wussten, wie wichtig der Job für Jenny war.

»Bei dem Kind handelt es sich um ein zehnjähriges Technikgenie.«

»Super!«, rief Claire. »Ist er so schlimm, wie sich's anhört?«

»Er züchtet Taranteln. Das müsst ihr euch mal vorstellen!«

»Krass«, meinte Claire, und Rick sagte: »Du weißt doch, wie man die anpacken muss!«, bevor ihm wieder einfiel, dass Jenny einen Horror vor Spinnen hatte. »Tut mir Leid.«

»Vielleicht solltest du den Job lieber aufgeben und dir einen anderen suchen«, schlug Claire vor.

»Ja, du könntest uns helfen, die Schnürsenkel von Turnschuhen einzufädeln.«

Jenny schüttelte den Kopf. »Nein, ich will versuchen, die Sache durchzustehen. Ich glaube, es wird mir gut tun, wenn ich es schaffe. Und die Kohle stimmt auch.« Sie zuckte mit den Schultern. »Was sind schon ein paar Taranteln? Vielleicht halten die mich in Schwung.«

Rick lachte laut, während Claire sich ein Lächeln abringen musste. Dann redeten sie eine Weile über das kommende Schuljahr und die Lehrer, die sie gerne und die, die sie lieber nicht hätten. Danach sprachen sie über Ricks erfolglose Versuche, seine Eltern davon zu überzeugen, ihm ein Auto zu kaufen.

»Mensch, wir kommen noch zu spät!«, rief Claire schließlich und sah wie gebannt auf die Uhr.

»O nein! Wenn wir zu spät kommen, nimmt Onkel Rick mir wieder meinen Schuhlöffel weg!«, sagte Rick übertrieben bestürzt und rutschte von der Bank. Jenny schnappte ihren Rucksack und ließ Claire raus.

»Was machst *du* denn jetzt?«, fragte Claire.

»Weiß auch nicht. 'n bisschen durch die Einkaufsgalerie bummeln, 'n paar Klamotten angucken, glaub' ich.« Jenny blickte zur Tür. Es hätte sie nicht gewundert, Chuck draußen herumlungern zu sehen. Aber er war nicht da. »Wenn ich den Job behalte, kann ich mir neue Sachen für die Schule kaufen.«

»Okay, bis die Tage«, sagte Rick und winkte Jenny zu. Dann bahnte er sich mit Claire einen Weg durch die gut besuchte Pizzeria. Als die beiden draußen waren, fingen sie an zu rennen. Der Schuhladen befand sich am anderen Ende der Einkaufspassage.

Jenny trank den letzten Schluck Cola und ging dann auch in die vom Tageslicht durchflutete Galerie. Um die Mittagszeit waren immer viele Leute unterwegs, meistens Hausfrauen, die einen Kinderwagen vor sich herschoben. Der Pizzeria gegenüber drehte sich das neueste Modell einer bekannten Automarke auf einem runden Podest. AM SAMSTAG GROSSE VERLOSUNG – stand auf einem quietschblau-orangefarbenem Schild.

Jenny durchstöberte einige kleine Boutiquen und schlenderte dann ziellos durch das große Kaufhaus in der Mitte der Passage, das sich über mehrere Stockwerke erstreckte. Sie nahm die eine oder andere Bluse vom Ständer und betrachtete eine Weile unschlüssig ein schwarzes Top. Aber irgendwie war ihr nicht nach einkaufen. Sie dachte an ihre Sitzung mit Dr. Schindler, an das, was sie ihm von ihrem ersten Treffen mit Eli erzählt hatte, und daran, wie sie die Sache mit der Tarantel angepackt oder – besser gesagt – vermasselt hatte.

Jedes Mal, wenn Jenny einen Termin bei Dr. Schindler hatte, war sie den Rest des Tages total aufgewühlt. Sie hatte den Eindruck, als würde ihre Unterhaltung all die beängstigenden Gedanken erst aufrühren und ihre ohnehin schon blühende Fantasie noch mehr anregen. Und wenn sie die Praxis verließ, gingen ihr immer noch Gesprächsfetzen und alle möglichen Gedanken durch den Kopf, die sich einfach nicht verdrängen ließen. Dadurch war sie gezwungen, das Gesagte immer wieder durchzugehen, und war auch noch Stunden nach der Sitzung nervös und irgendwie schlecht gelaunt.

Ohne es zu merken, war Jenny im Blasters gelandet – einem schmalen, langen CD- und Video-Laden mit knallroten Wänden und großen Star-Postern. Es gab nur einen einzigen Gang. Er führte vorbei an meterlangen Regalwänden mit Videos und DVDs auf der einen Seite und CDs auf der anderen. Jenny blieb stehen und sah sich eine Drum & Bass-CD genauer an, bevor sie weiter den Gang hinunter zur Techno-Abteilung schlenderte. Gerade hatte sie eine CD wieder ins Regal gestellt, als sie bemerkte, dass sie beobachtet wurde.

Einige Meter von ihr entfernt stand ein Junge, und Jenny warf ihm rasch einen Blick zu, bevor sie ihre Aufmerksamkeit erneut den CDs zuwandte. Der Junge sah irgendwie verwegen aus, mit seiner platinblonden Stoppelfrisur und den düsteren Klamotten. Er trug schwarze Hosen und ein Marilyn-Manson-T-Shirt.

Jenny sah noch einmal zu ihm hinüber und stellte fest, dass er nun mit großen, weit ausholenden Schritten den Gang entlangkam. *Sieht er mich etwa an?* Jenny ging ein wenig weiter nach hinten, bevor sie sich noch einmal umdrehte. Der Junge hatte ein Augenbrauen-Piercing und blaue Augen, deren Blick weiterhin auf sie gerichtet war. *Aber warum?* Jenny bekam es mit der Angst zu tun. *Er verfolgt mich!* Sie drehte sich um und lief schnell zum hinteren Ende des Ladens. Dabei überlegte sie krampfhaft, was der Junge von ihr wollte. Vielleicht einfach nur Angst machen? Er wirkte irgendwie unheimlich.

Dummerweise hatte der Laden keinen Hinterausgang und Jenny sah sich verzweifelt um. Der einzige Verkäufer saß vorne an der Kasse und konnte sie nicht sehen. Es war auch sonst niemand da und der große Junge kam immer näher. Jetzt konnte sie sogar sehen, dass er eine Narbe am Kinn hatte. *Was will er bloß von mir? Warum verfolgt er mich?* Mittlerweile stand sie mit dem Rücken zur Wand. *Ich sitze in der Falle, und der Junge sieht mir nicht so aus, als wollte er etwas kaufen.* Nein, es sah vielmehr so aus, als hätte er es auf sie abgesehen.

5. Kapitel

»Du hast das hier fallen lassen.«

»Was?« Mit offenem Mund starrte Jenny den Jungen an.

Er gab ihr einen weißen Briefumschlag. Es handelte sich um die Rechnung von Dr. Schindler. »Er ist dir aus der Tasche gefallen, als du dich vorgebeugt hast, um dir die eine CD anzusehen.«

Jenny nahm den Umschlag entgegen und kam sich total idiotisch vor. Ihr war das Ganze superpeinlich. Sie hatte Mühe, wieder normal zu atmen. Auch das Herz schlug ihr noch bis zum Hals. Wieder einmal war ihre verrückte Fantasie mit ihr durchgegangen und hatte ihr etwas vorgegaukelt, das es gar nicht gab.

»Danke«, brachte sie schließlich heraus. Sie wusste, dass sie knallrot geworden war. Der Junge dachte jetzt bestimmt, sie sei total verblödet. Er schien sich irgendwie auch über sie lustig zu machen. Aber dann sagte er: »Ich bin noch nie in dem Geschäft gewesen.«

»Es hat 'ne ziemlich gute Auswahl, aber die im Hit Power ist noch besser. Der Laden befindet sich auf der anderen Straßenseite, in der Passage gegenüber.« Jenny fühlte sich gar nicht wohl in ihrer Haut und wollte das Geschäft verlassen, doch der Junge verstellte ihr den Weg. Er roch irgendwie nach Zimt. Jenny versuchte, nicht auf seine Narbe am Kinn zu starren, aber es war schwer, den Blick von ihm zu wenden. Er sah eigentlich verdammt gut aus, und seine blauen Augen glitzerten in der grellen Ladenbeleuchtung.

»Wohnst du hier?«, fragte er jetzt.

»Du meinst in dem Laden?«

Sie mussten beide lachen. Es war ein nervöses Lachen, und Jenny dachte: *Damit wirkt er wie ein kleiner Junge.*

»Ich meine hier in der Stadt.«

»Ja«, antwortete Jenny.

»Ich bin gerade erst hergezogen. Vor ein paar Wochen.« Er verlagerte sein Gewicht auf das andere Bein und lehnte sich gegen eines der Regale. Dabei blockierte er immer noch den Weg. »In welche Schule gehst du?«

»Harrison High.«

»He, ab Herbst komme ich auch da hin!«

Sein Lächeln gefällt mir, dachte Jenny und antwortete: »Die Schule ist gar nicht so schlecht«, während sie den Umschlag in ihren Leinenrucksack steckte. »Sie ist allerdings ziemlich groß. Ich meine, wenn du sonst kleinere Schulen gewöhnt bist.«

»Ich bin viele Schulen gewöhnt.« Auf einmal war er ganz ernst, und auch der belustigte Ausdruck in seinen Augen war verschwunden. »Wir kommen viel herum. Ich bin so was Ähnliches wie ein Soldatenkind, nur dass mein Vater nicht beim Militär ist.«

»Klingt logisch«, meinte Jenny grinsend. Dann mussten sie wieder beide lachen.

»Stehst du auf Marilyn Manson?« Jenny schnitt eine Grimasse, während sie das T-Shirt des Jungen musterte.

»Nein, ich habe mal in 'nem T-Shirt-Laden gearbeitet. Das hier wollte keiner haben, da habe ich es zum halben Preis bekommen.«

Jenny lachte. »Du machst doch Witze!«

Der Junge lachte auch. »Nein, ich mein's ernst.« Er

blickte sich um und sah den langen schmalen Gang hinunter, der immer noch menschenleer war. Dabei wurde Jenny wieder bewusst, dass sie in der Falle saß. »Du stehst wohl nicht auf Rockmusik?« Erneut hatte sich der Junge ihr zugewandt.

»Nun … Oasis finde ich zum Beispiel ganz okay.« Jenny machte einen Schritt nach vorn, um ihm zu verstehen zu geben, dass sie vorbei wollte.

»Ich heiße Cal«, sagte er und trat einen Schritt zur Seite.

»Jenny«, stellte sich Jenny vor und fügte hinzu: »Vielleicht sehen wir uns mal wieder. Ich muss jetzt nach Hause.« Sie war schon einige Meter gegangen, als ihr bewusst wurde, dass ihr der Junge hinterherkam. Aber sie ging einfach weiter.

Als sie die Eingangstür erreichte, rief er: »He, Jenny …«, und sie antwortete: »Ich muss jetzt gehen.« Er verließ mit ihr den Laden, und draußen blieben sie noch einmal stehen. Um die Ecke war ein Multiplex-Kino, und einige Teenager eilten lachend vorbei.

»Jenny …«

»Ehrlich, Cal …«

»Du hättest nicht vielleicht Lust, am Freitagabend mit mir auszugehen?«, fragte er schüchtern, die Hände tief in den Hosentaschen vergraben. Zum ersten Mal sah er ihr nicht in die Augen, sondern blickte den Jugendlichen nach, die ins Kino wollten.

»Ich weiß nicht. Ich …« Jenny hängte sich den Rucksack über die andere Schulter.

»Einer meiner Nachbarn geht auch in die Harrison High. Vielleicht kennst du ihn. Er heißt Jim. Jim irgendwas.«

»Jim Irgendwas?«, fragte Jenny scherzhaft zurück. »Noch nie von ihm gehört.«

»Jim …« Cal kratzte sich am Kopf. »… an seinen Nachnamen kann ich mich nicht mehr erinnern. Wie auch immer. Er hat mich Freitagabend zu einer Party eingeladen. Vielleicht möchtest du ja mit mir da hingehen.«

»Ich kann nicht, am Freitagabend muss ich babysitten. Ich bin regelmäßig bei der Familie, um auf ihren Sohn aufzupassen.«

»He«, sagte Cal jetzt und schlug sich vor die Stirn. »Sagte ich Freitag? Ich meinte natürlich Samstagabend.« Als Jenny nicht reagierte, fuhr er lächelnd fort: »Du gehst wohl nicht einfach so mit Jungs aus, die du gerade eben im Einkaufszentrum kennen gelernt hast, was?«

»Auf jeden Fall wäre es das erste Mal.«

Cals Lächeln wurde noch breiter. Er hatte die Hände nach wie vor tief in den Taschen vergraben. »Ich bin kein schlechter Kerl. Ehrlich. Warum probierst du es nicht aus? Komm doch am Samstag mit mir zu der Party. Wenn es dir nach zehn Minuten nicht gefällt, gehen wir wieder, und ich bring' dich nach Hause. Versprochen.«

Seine Augen sind so unglaublich blau, dachte Jenny, *aber warum habe ich nur die ganze Zeit den Eindruck, er macht sich über mich lustig?* Während sie Cal in die Augen sah, versuchte sie krampfhaft nachzudenken und eine Entscheidung zu treffen. Sollte sie wirklich einmal etwas wagen und mit ihm ausgehen?

»Ich muss mich beeilen.« Mr. Wexner nahm seine Jacke vom Geländer. »Wir sind ein bisschen spät dran.« Dann rief er nach oben: »Tschüs, Eli, viel Spaß mit Jenny!«

Mrs. Wexner kam die Treppe heruntergeeilt und

knöpfte sich dabei noch die Bündchen ihrer Bluse zu. »Hallo, Jenny. Wie geht's? Eli sieht oben fern«, fügte sie noch hinzu, bevor Jenny irgendetwas sagen konnte. »Er ist den ganzen Tag über ein wenig schlecht gelaunt gewesen.« Sie schüttelte den Kopf. »Versuch einfach, heute Abend irgendwie mit ihm klarzukommen. Du weißt schon, heul mit den Wölfen.« Sie nahm ihre Handtasche von dem kleinen Tisch neben der Eingangstür.

»Ich bin sicher, dass Jenny mit Eli zurechtkommt«, sagte ihr Ehemann lächelnd, klang aber irgendwie angestrengt. »Eli ist doch eigentlich gar kein Ungeheuer, Rena. Mit deinem Gerede vertreibst du uns Jenny noch.«

»Ach so«, erwiderte Mrs. Wexner aufgebracht. »Wahrscheinlich genauso wie ich auch die anderen Babysitter vergrault habe. Das war dann wohl alles meine Schuld.«

Mr. Wexner vermied es, Jenny anzusehen. Das Ganze war ihm sichtlich unangenehm. Aber Mrs. Wexner ließ nicht locker. »Warum musst du Eli auch immer verteidigen? Warum ergreifst du nicht *ein Mal* Partei für mich? Der Junge hat mich den ganzen Tag verrückt gemacht, und du tust so, als sei nichts geschehen und Eli wäre ein Engel!«

»Rena, *bitte!* Können wir nicht später darüber reden? *Viel* später?« Rasch winkte er Jenny zu. Er sah immer noch verärgert und peinlich berührt aus. »Bis später dann.«

»Viel Glück«, fügte Mrs. Wexner hinzu, und die beiden gingen zur rückwärtigen Haustür.

Das kann ja heiter werden. Jenny ließ ihren Rucksack an der Couch im Wohnzimmer stehen, atmete tief durch und ging die Treppe hinauf zu Elis Zimmer. Er saß im Dunkeln auf dem Bett und sah sich irgendeinen Horrorfilm an. Der Fernseher stand ganz dicht vor seinem Bett. »Hallo, Eli, da bin ich wieder.« Er blickte nicht auf. »Was guckst du?«

»Fern.«

Wenigstens hat er mir eine Antwort gegeben, dachte Jenny und trat ans Bett heran. »Darf ich mich zu dir setzen?«

»Wenn du willst. Sieh nur! Der Typ da wird gleich kaltgemacht.« Er klang richtig fröhlich und lächelte erwartungsvoll. Gleich darauf ging der Mann im Film in eine Hütte, wo ihm der Kopf abgeschlagen wurde.

Igitt, dachte Jenny und wandte sich ab, um nicht mit ansehen zu müssen, wie das Blut auf die Hüttenwände spritzte. Stattdessen beobachtete sie Elis Reaktion. Auf seinem blassen, unbewegten Gesicht spiegelte sich das Rot der Mattscheibe, dann fing er an zu kichern und lachte schließlich lauthals.

Das findet er tatsächlich komisch, stellte Jenny unangenehm berührt fest. Mittlerweile wurde ein Mann mit einer Axt gezeigt, der total verrückt aussah und wie wild durch den Wald rannte. »Eli meinst du wirklich, dass du dir diesen Film ansehen solltest?«

»Wer will mir das verbieten?«, fragte Eli herausfordernd.

»Ich meinte ja bloß . . .«

»Ich kann mir ansehen, was ich will«, sagte Eli ärgerlich, ohne den Blick vom Bildschirm zu wenden. »Das ist *mein* Zimmer.«

Jenny wollte sich nicht mit ihm streiten, sagte nichts mehr und beobachtete den Mann mit der Axt, der jetzt auf ein junges Mädchen losging, das ihr ziemlich ähnlich sah. Wieder fing Eli an zu lachen. Es klang schrill und ausgelassen. *Ob Eli mich wohl gerne mit einer Axt in Stücke hauen würde?*, überlegte Jenny. Irgendwie genoss er dieses widerliche Gemetzel viel zu sehr.

»Ich hatte einen Scheißtag«, erklärte er da plötzlich und wandte sich ihr zu. Der rot-blaue Widerschein des Fernsehgeräts spiegelte sich auf seinem Gesicht.

»Das tut mir Leid. Was war denn los?«

Eli überlegte einen Augenblick. »Meine Eltern mögen meine Haustiere nicht.«

Warum bloß?, dachte Jenny spöttisch, erklärte dann aber noch einmal, dass es ihr Leid täte. »Vielleicht könnten wir beide heute Abend ein bisschen Spaß haben. Warum stellst du nicht den Fernseher aus und wir ...«

»Kommt nicht in Frage!« Eli wandte seine Aufmerksamkeit wieder dem Bildschirm zu.

»Komm schon, Eli. Lass uns irgendein Spiel spielen, oder so was.« Aber Eli ignorierte sie und sah nur auf den Bildschirm. »Eli ...« Er reagierte immer noch nicht. »Gut, dann gehe ich nach unten. Ich will mir diesen schrecklichen Film nicht ansehen.«

»Er ist nicht schrecklich. Er ist gut.«

»Bis später dann. Ich geh' jetzt runter.«

Keine Antwort.

Jenny stand auf und verließ das dunkle Schlafzimmer. Im Flur hörte sie wieder Elis begeistertes Lachen – wahrscheinlich war gerade wieder irgendein widerlicher Mord geschehen. Sie ging hinunter ins Wohnzimmer, nahm eine Mädchenzeitung aus ihrem Rucksack und machte es sich im großen Ohrensessel gemütlich. Beim Durchblättern der Zeitschrift dachte sie über Cal nach. Warum hatte sie bloß zugesagt, am Samstagabend mit ihm zu dieser Party zu gehen?

Das habe ich ja noch nie getan! Ich kenne Cal doch überhaupt nicht. Er sieht irgendwie so verwegen aus und ist überhaupt nicht mein Typ. Dann wechselte sie in dem Streitgespräch, das sie mit sich selbst führte, plötzlich die Seite. *Warum soll ich nicht mal etwas wagen? Was habe ich denn zu verlieren?*

Jenny dachte immer noch über Cal nach, als das Telefon klingelte. Es stand direkt neben ihr auf dem Tisch und Jenny zuckte erschrocken zusammen. Als sie den Hörer abnahm, schlug ihr das Herz bis zum Hals. »Hallo?«

Die Stimme am anderen Ende der Leitung war nur mehr ein Flüstern. *»Hallo, Süße, ich bin wieder da.«* Dann folgte ein lautes Klicken, und die Leitung war tot.

6. Kapitel

Mein Albtraum wird Wirklichkeit, war Jennys erster Gedanke. Der furchtbare Traum, der sie Nacht für Nacht quälte. Der Traum, in dem Mr. Hagen zurückkehrte, um sich zu rächen. Jenny hielt den Hörer immer noch so fest umklammert, dass ihr die Hand schmerzte. Dabei klang ihr nach wie vor das Flüstern in den Ohren: *Hallo, Süße, ich bin wieder da.* Das war überhaupt keine Stimme gewesen, sondern nur ein Luftzug, nur der Wind, wie ein Gruß aus dem Grab – wie das Stöhnen eines Mannes, der von den Toten auferstanden war.

Aber das ist doch unmöglich, sagte sie sich jetzt. *Mr. Hagen ist tot, tot, tot. Ich habe doch gesehen, wie er in den Abgrund stürzte. Ich habe gehört, wie er auf dem Felsgestein aufschlug. Patsch* hatte es gemacht, als seine Knochen barsten. Dieses Geräusch würde sie nie vergessen. Der Mann am Telefon konnte nicht Mr. Hagen gewesen sein. Tote standen nicht wieder auf.

Oder etwa doch?

Aus dem Hörer drang mittlerweile ein lautes Summen. Mit zitternder Hand legte Jenny auf. Aber wenn es *nicht* Mr. Hagen gewesen war, woher wusste der Anrufer dann, was Donnys Vater immer zu ihr gesagt hatte? *Hallo, Süße, ich bin wieder da.* Das waren haargenau die gleichen Worte, die Mr. Hagen verwendet hatte, um ihr Angst einzujagen. *Hallo, Süße!,* hatte er immer gesagt und auch so geflüstert wie der Mann am Telefon.

»Das passiert mir doch nicht schon wieder!«, schrie

Jenny jetzt verzweifelt und umklammerte dabei die Sessellehnen. Die Zeitschrift rutschte ihr vom Schoß, doch sie bückte sich nicht danach. Plötzlich war sie wieder mitten in ihrem Traum – in dem Traum, aus dem sie jeden Morgen schreiend erwachte.

Wieder stand sie an der Kante des Steinbruchs, und es war stockdunkel. Wie damals blickte sie starr in die gähnende Tiefe jenseits der Felskante, unfähig, sich zu bewegen, wegzusehen oder wegzulaufen. Sie starrte einfach nur wie gebannt ins dunkle Nichts, während die Hand an der künstlichen Klippe auftauchte. Erst die eine und dann die andere.

Daraufhin erschien Mr. Hagens Kopf. Auf der einen Seite des Gesichts war die ganze Haut weggerissen, und der blanke Knochen sah hervor. Ihm fehlte ein Auge, und in der gähnenden Höhle pulsierten noch die Adern. Dabei sah es so aus, als würde er sie mit der leeren Augenhöhle anstarren. Dann zog Mr. Hagen sich hoch und stand auf. Ein Arm hing ihm schlaff herab. Er hinkte auf sie zu und flüsterte: »Hallo, Süße, ich bin wieder da.«

»Nein, nein, nein!« Jenny sprang vom Sessel auf und schüttelte heftig den Kopf, als könnte sie so den Traum loswerden. Schließlich war es *nur* ein Traum. Bloß ein Albtraum. Und die wurden nicht Wirklichkeit.

Ich gehe jetzt nach oben und sehe nach, was Eli treibt. Jenny war schon unterwegs zur Treppe, blieb dann aber unvermittelt stehen. Da war doch was! Ein Geräusch. Es kam aus der Küche. Jenny erstarrte und hörte ganz genau hin. Wurde da nicht die rückwärtige Haustür geöffnet? *Hallo, Süße, ich bin wieder da!*, ging es Jenny unwillkürlich durch den Kopf. Aber sie zwang sich, nicht daran zu denken und stattdessen auf die Geräusche aus der Küche zu lauschen.

Ja, ja, ja! Das hatte sie sich nicht nur eingebildet. Die rückwärtige Haustür ging tatsächlich auf. Und jetzt lief jemand durch die Küche. Gleich würde derjenige entdecken, dass sie vor Schreck wie angewurzelt an der Treppe stand.

7. Kapitel

»Mr. Wexner!«, entfuhr es Jenny.

»Tut mir Leid.« Er lächelte entschuldigend. »Hoffentlich habe ich dich nicht erschreckt.«

»Nein, ich ... ich wusste nur nicht, was es war«, sagte Jenny und wünschte, ihr Herz würde nicht so stark klopfen und ihre Stimme würde sich nicht so schrill und ängstlich anhören.

»Als Rena und ich weggingen, waren wir so in unser Streitgespräch vertieft, dass ich die Einladungskarten völlig vergessen habe.« Er nahm sie vom niedrigen Tisch an der Tür und schob sie in die Jackentasche. »Was für ein Abend!« Er wollte schon wieder gehen, steckte den Kopf dann aber noch einmal durch die Küchentür. »Ist hier alles in Ordnung? Ist Eli okay?«

»Ja, alles wunderbar. Er guckt sich einen Horrorfilm an. Erlauben Sie ihm denn, solche Filme zu sehen?«

Mr. Wexner seufzte. »Ehrlich gesagt, können wir kaum kontrollieren, was unser Sohn sich ansieht.«

»Bei dem Film gefriert einem das Blut in den Adern«, sagte Jenny.

»Na, vielleicht kann er sich dadurch abreagieren.«

»Ich dachte nur, –«

»Ich muss mich beeilen.« Mr. Wexner verschwand ganz in der Küche, und kurz darauf hörte Jenny, wie die rückwärtige Haustür zufiel.

Wie merkwürdig, dass Mr. Wexner der Ansicht war, sein zehnjähriger Junge könnte sich mit einem Horrorfilm abreagieren. Ob Mr. Wexner überhaupt wusste, wie toll Eli die Mordszenen fand, in denen das Blut nur so spritzte, und dass er sich jedes Mal, wenn jemand umgebracht wurde, vor Lachen bog?

Durch Mr. Wexners unerwartete Rückkehr hatte Jenny den Furcht erregenden Anruf einen Moment vergessen. Jetzt kam sie zu dem Schluss, dass ihr da wohl einfach nur jemand einen ganz gemeinen Streich gespielt hatte. Aber wer?

Während sie noch darüber rätselte, stieg sie die Treppe hinauf. Als sie wenig später einen Blick in Elis Zimmer warf, stellte sie erstaunt fest, dass er den Fernseher ausgemacht hatte. Das Licht war an und Eli blickte wie gebannt in den Glaskasten mit seinen Taranteln.

»Ist der Film zu Ende?«, fragte Jenny und ging zu ihm.

»Nein, aber ich hab' ihn schon vier- oder fünfmal gesehen und kann den Schluss nicht ausstehen.« Eli hatte die Nase gegen eine der Glasscheiben gedrückt, um besser sehen zu können. Im Kasten krabbelten drei hässlich behaarte Spinnen unter- und übereinander. »Ich mag es nicht, wenn sie den Bösewicht am Ende umbringen. Deshalb habe ich ausgemacht.«

Der Junge ist eindeutig nicht ganz dicht, dachte Jenny, während sie die krabbelnden Taranteln beobachtete.

»Ich habe die Spinnen gerade gefüttert. Du hast es verpasst.«

»Wie schade«, entgegnete Jenny spöttisch.

»Sie sind immer ganz aufgeregt, wenn sie was zu essen kriegen. So wie richtige Haustiere.«

»Haben sie auch Namen?«

»Das ist doch Kinderkram!«, antwortete Eli, ohne die Taranteln aus den Augen zu lassen.

Jenny warf einen Blick auf die Uhr überm Bett. Sie hatte die Form einer Katze; deren Schwanz pendelte im Sekundentakt hin und her, genau wie die Augen abwechselnd nach rechts und links blickten. »Schöne Uhr«, sagte Jenny.

»Auch Kinderkram!«

»Mag sein, aber auf jeden Fall ist es längst Zeit für dich, ins Bett zu gehen.«

»Kinderkram.«

»Komm schon, Eli, mach's mir nicht so schwer.«

»Kinderkram«, murmelte er, ohne ihren Wunsch zu befolgen. »Ich habe mal einen Film mit Riesentaranteln gesehen. Die waren größer als unser Haus. Mit einem Bissen konnten sie dich auffressen.«

»Igitt!« Jenny verzog das Gesicht.

Eli lachte. Das schien ihm zu gefallen. »Wenn ich meine Spinnen weiter so füttere, werden sie vielleicht auch einmal riesengroß.«

Was für ein krankes Hirn!, dachte Jenny. »Und wen sollen sie dann fressen?«

»Alle«, erwiderte Eli spontan.

Ein nettes Kerlchen! Wirklich ganz süß. »Komm jetzt, Eli, Zeit fürs Bett. Geh dir die Zähne putzen.«

»Ich bin aber nicht müde«, sagte Eli und gähnte.

»Keine Diskussion«, erwiderte Jenny, die allmählich die Geduld verlor.

»Ich bin wirklich nicht müde«, jammerte Eli und hörte sich plötzlich an wie ein kleiner Junge. »Kann ich wenigstens noch ein bisschen lesen, wenn ich jetzt ins Bett gehe?«

»Nun ja ...«

»Bitte, bitte, bitte!«

Jenny musste lachen. »Okay, meinetwegen. Aber nur ein bisschen. Was liest du denn?«

Eli ging zur Arbeitsplatte und holte ein Buch. »Das hier. Es ist wirklich toll.«

Jenny nahm es entgegen und sah wie gebannt auf den Titel. »Ein Stephen-King-Roman? Du liest vorm Einschlafen Horrorgeschichten?«

Er zuckte mit den Achseln. »Na und?«

»Das hier soll wirklich ganz besonders gruselig sein. Warum liest du nicht etwas, das für Kinder in deinem Alter geeignet ist?«

»Lang-wei-lig!« Eli nahm ihr das Buch wieder weg, und Jenny dachte: *Es ist bestimmt nicht einfach, wenn man erst zehn, aber schon so clever ist.* Eli konnte eigentlich gar nicht mehr richtig Kind sein und tun, was Zehnjährigen sonst Spaß machte. Aber ein Erwachsener war er eben auch nicht.

»Deckst du mich noch zu?«, fragte er jetzt ganz lieb, und Jenny wollte ihm den Gefallen natürlich gerne tun, wobei sie sich ein Lächeln nicht verkneifen konnte. Gruselromane lesen, und dann kleinlaut fragen, ob man zugedeckt wurde.

Natürlich dauerte es noch eine halbe Stunde, bis sie Eli wirklich im Bett hatte. Erst wollte er noch Apfelsaft trinken, dann beschloss er, Hunger zu haben und bat sie, eine Schale Müsli für ihn zu holen. Danach wurde er plötzlich ganz redselig. Als Jenny ihn endlich zugedeckt hatte, war es schon elf Uhr.

Die Wexners kamen gegen Mitternacht nach Hause und waren erstaunt, Jenny einfach so im Wohnzimmer sitzen zu sehen. Sie hatte das Licht nicht angemacht und starrte in die Dunkelheit hinaus.

»Jenny, istalles in Ordnung?«, fragte Mrs. Wexner.

»Ja, alles wunderbar.« Jenny sprang vom Stuhl auf. Es brachte sowieso nichts, den Wexners von dem Anruf zu erzählen.

»Du siehst sehr müde aus«, sagte Mrs. Wexner und blickte Jenny forschend ins Gesicht. »Ich hoffe, Eli war nicht zu anstrengend.«

»Nein, er war brav«, versicherte Jenny seiner Mutter und nahm ihren Rucksack vom Boden. »Er hat ferngesehen und dann mit seinen Spinnen gespielt.«

Mrs. Wexner verzog das Gesicht. »Diese ekeligen Taranteln. Es tut mir jetzt noch Leid, dass wir uns haben breitschlagen lassen, sie zu kaufen. Er hat gesagt, sie wären für ein Biologie-Projekt in der Schule. Aber dann hat er sie so lieb gewonnen, dass wir sie nicht wieder wegtun durften.«

»Ich habe auch schon niedlichere Haustiere gesehen.« Jenny lachte.

»Jedenfalls bin ich froh, dass ... er dir keine Schwierigkeiten gemacht hat«, sagte Mrs. Wexner, und Jenny dachte: *Wahnsinn, sie ist ja total überrascht, dass ich meinen Job nicht hinschmeiße.* Wie verzogen war dieses Kind eigentlich?

»Soll ich dich nach Hause fahren?« Mr. Wexner stand in der Tür.

»Nein, nein danke, nicht nötig. Ich hab's doch nicht weit.«

»Bist du sicher, dass er dich nicht fahren soll? Es ist doch schon so spät.«

»Das ist kein Problem, ehrlich«, versicherte ihr Jenny. »Ich bin in weniger als fünf Minuten zu Hause.«

Kurze Zeit später trat Jenny mit ihrem Rucksack hinaus in die erstaunlich warme Nachtluft. Es ging kein Wind und über den Bäumen stand der Mond am ruhigen, wolkenlosen Himmel. Der Schotter der Auffahrt knirschte unter ihren Sohlen, sonst war es ganz still. In den anderen Häusern brannte schon kein Licht mehr, und Jenny dachte: *Die Leute hier gehen ja ganz schön früh ins Bett.*

Als sie am Fuß der Auffahrt nach links abbog, bekam sie plötzlich eine Gänsehaut. Was war denn das für ein Geräusch? Ging da jemand auf dem Bankett? Es hörte sich ganz nah an, als sei derjenige direkt hinter ihr.

Jenny wirbelte herum, aber der Mann packte sie, bevor sie einen Mucks machen konnte.

»Ich habe auf dich gewartet, Jenny!«

8. Kapitel

Vor Erstaunen stand Jenny der Mund offen. Der Angreifer verstärkte den Griff um ihre Schultern. Als Jenny die Sprache wieder gefunden hatte, schrie sie: »Chuck, was machst *du* denn hier? Lass mich los!« Sie versuchte, sich aus seinem Griff zu befreien, aber er wollte sie nicht gehen lassen. Seine Augen funkelten. Sein blondes Haar war ganz unordentlich und sein ärmelloses T-Shirt auf Höhe der Brust schweißnass.

Er ist so groß und stark, dachte Jenny. *Er könnte mich platt machen, wenn er wollte.* Aber sie beharrte trotzdem: »Lass mich los!«

»Erst, wenn du zustimmst, mit mir zu reden«, sagte er und hielt sie nach wie vor an den Schultern fest.

»Du tust mir weh!«, schrie Jenny.

Er ließ sie los, blieb aber, wo er war. Sein Brustkorb hob und senkte sich. Jenny spürte seinen warmen Atem im Gesicht. »Chuck, was tust *du* denn hier? Was willst du von mir?«

»Nur mit dir reden. Das ist alles.« Er sah ihr in die Augen, als würde er dort nach etwas suchen, das längst nicht mehr da war.

»Du … Du machst mir wirklich Angst.« Jenny trat einen Schritt zurück. Dabei kam sie direkt auf dem Bordstein zu stehen. Plötzlich wurde es noch dunkler. Jenny wandte den Kopf und stellte fest, dass die Wexners ihre Verandabeleuchtung ausgeschaltet hatten.

»Warum willst du nicht mit mir reden?« Chuck versuchte zu flüstern, aber das gelang ihm nicht ganz.

»Da gibt es nichts mehr zu reden.« Jenny hatte sich inzwischen ein wenig beruhigt, sah Chuck aber immer noch misstrauisch an.

»Sag das nicht!«, meinte er ärgerlich. »Hör auf, das immer zu sagen!«

»Aber, Chuck ...«

»Warum gibst du mir nicht noch eine Chance?«

»Das habe ich dir doch schon erklärt.«

»Du hast überhaupt nichts erklärt.« Er machte einen Schritt auf sie zu.

Versucht er etwa, mir Angst einzujagen?, überlegte Jenny, bevor sie sagte: »Du bist doch sonst immer so ein Spaßmacher und bringst alle zum Lachen. Wo ist denn dein Humor geblieben? Wieso tust du so, als sei das hier eine Riesentragödie?«

»Findest du das vielleicht auch noch lustig?« Seine Augen bekamen wieder diesen wilden Ausdruck. »Ist das für dich alles ein Scherz?«

»Das habe ich gar nicht gesagt!«, erwiderte Jenny.

»Du bist das Beste, das mir je passiert ist.« Chucks Blick brannte sich in ihren. »Und dann servierst du mich einfach ab. Ohne jede Erklärung.«

»Wie bitte? Ohne jede Erklärung? Chuck, ich habe einen Albtraum hinter mir. Ich bin von einem Verrückten verfolgt worden und dafür verantwortlich, dass dieser Mann den Tod gefunden hat. In meinem Leben ging es zu wie in einem Horrorfilm. Danach brauchte ich einfach Tapetenwechsel, und zwar in allen Bereichen. Immer noch verfolgen mich diese ... diese ganzen Ereignisse. Ich werde die Albträume einfach nicht los. Was willst du noch als Erklärung hören?«

Chuck antwortete nicht, sondern sah sie nur an. Dabei waren seine Gesichtszüge vor Zorn ganz angespannt.

»Es tut mir Leid«, sagte Jenny mit rauer Stimme. »Ich wollte dir nicht wehtun. Aber ... Aber ich kann es einfach nicht ertragen, an das Geschehene erinnert zu werden. Und du ... du ...«

»Ich *erinnere* dich daran? Jenny, ich bin für dich da gewesen. Ich war da, als du mich gebraucht hast! Und jetzt ... jetzt dankst du mir das so?« Chuck war so wütend, dass er nicht weitersprechen konnte.

Jenny wich noch einen Schritt zurück, und da kam ihr plötzlich ein erschreckender Gedanke. War Chuck der anonyme Anrufer? Hatte er bei den Wexners durchgeklingelt und gesagt: ›Hallo, Süße, ich bin zurück.‹? Durchaus möglich. Wer kannte sonst noch den genauen Wortlaut dessen, was Mr. Hagen immer ins Telefon geflüstert hatte?

»Hast du mich angerufen?«

»Ja«, gestand er ihr ein, ohne dass sein Ärger abgeflaut wäre.

»Was! *Du* hast mich bei den Wexners angerufen?«

»Häh?«

»Ja oder nein?«

»He!« Chuck hob beschwichtigend die Hand. »Ich habe dich zu Hause angerufen. Deine Mutter hat mir gesagt, dass du hier bist.«

»Und du hast mich nicht bei den Wexners angerufen?«

»Das habe ich doch gerade gesagt!«

Jenny versuchte, seinem Gesichtsausdruck etwas zu entnehmen – in seinen Augen zu lesen –, um festzustellen, ob er es war, der versuchte, sie in Angst und Schrecken zu versetzen. Aber er sah nur ärgerlich aus.

»Chuck, ich möchte jetzt nach Hause gehen«, flüsterte Jenny, und ihre Worte klangen in der Stille der Nacht noch nach.

»Nein, das geht nicht! Du musst bleiben. Wir müssen reden.«

Jenny konnte die Tränen nicht länger zurückhalten. Heiß und klebrig liefen sie ihr über die Wangen. »Bitte, Chuck! Was soll ich denn noch sagen? Es ist vorbei. Find dich endlich damit ab! Es tut mir Leid, aber es ist vorbei.«

»Nein!«, schrie er wütend und packte sie brutal bei den Schultern.

»Chuck, lass los!«

»Nein!«

Sie versuchte, sich zu befreien, aber er war viel zu stark, und seine Wut schien ihm nur noch mehr Kraft zu geben. Als Jenny bewusst wurde, dass Chuck völlig außer sich war, fragte sie ängstlich: »Chuck, was hast du denn vor? Lass mich jetzt endlich los!«

Mit einem lauten Schnauben stieß er sie von sich.

»Au!«, schrie Jenny, als sie mit dem Kopf auf dem Asphalt aufschlug. »Was machst du denn? Was machst du mit mir?«

Keuchend stand Chuck über ihr, und Jenny überlegte: *Bringt er mich jetzt etwa um? Das darf doch alles nicht wahr sein! Das passiert mir doch nicht wirklich.* Dabei pulsierte ihr Hinterkopf vor Schmerz und ihre Gedanken rasten wild durcheinander. Das war nicht mehr der Chuck, den sie gekannt hatte. Der war immer so liebenswert und so ... lustig gewesen. *Was habe ich ihm bloß angetan? Und was tut er nun mir an?* »Chuck ...«

Immer noch stand er über ihr und rang nach Luft.

Jenny versuchte, sich aufzusetzen. Erst war ihr noch ein bisschen schwindelig, aber das ging schnell vorbei. »Chuck, ich muss jetzt wissen, ob du mich heute Abend angerufen hast.«

Er antwortete nicht.

Langsam kam Jenny auf die Beine. Ihre Knie fühlten sich ganz weich an. »Chuck –«

»Das wird dir noch Leid tun«, flüsterte Chuck, der mittlerweile an ihr vorbei zu den dunklen Bäumen auf der anderen Straßenseite sah.

»Chuck, ich muss jetzt gehen.«

»Das wird dir noch Leid tun, Jenny«, wiederholte er, drehte sich auf dem Absatz um und rannte davon. Jenny sah ihm nach, während die Tränen auf ihrem Gesicht langsam trockneten. Aber der Hinterkopf tat ihr immer noch weh. Ohne den Schritt zu verlangsamen, lief Chuck um die Kurve. Er hatte seinen Wagen unter den Bäumen geparkt, öffnete jetzt die Tür, und die Innenbeleuchtung ging an. Als er die Scheinwerfer einschaltete, beschattete sich Jenny die Augen. Chuck fuhr mit quietschenden Reifen davon, und der Wagen schien den eigenen weißen Lichtkegeln zu folgen.

Jenny wartete nicht nur, bis Chucks Auto außer Sicht war, sondern auch bis sie das Motorengeräusch nicht mehr hörte. Dann machte sie sich mit großen, aber ein wenig unsicheren Schritten auf den Nachhauseweg. *Wie sehr Chuck mich hassen muss,* dachte sie dabei. *Da habe ich ihm wohl unheimlich wehgetan.* Darüber grübelte sie die ganze Zeit nach, auch noch, als sie die Treppe zu ihrem Zimmer hinaufging und danach ins Bad, um zu duschen. *Ich habe ihn verletzt, und jetzt hasst er mich dafür.*

Beim Zubettgehen war der Gedanke übermächtig geworden und ließ ihr keine Ruhe, sodass sie lange nicht einschlafen konnte. Als sie schließlich doch kurz davor war, klingelte das Telefon auf ihrem Nachttisch. Dösig streckte sie den Arm aus und legte die Hand auf den Hörer. Sollte sie wirklich abnehmen? Obwohl es eine sehr warme Nacht war, bekam sie plötzlich eine Gänsehaut, die von nackter Angst herrührte.

Es klingelte noch einmal, und Jenny dachte: *Wenn ich nicht rangehe, wird Mom wach. Aber ich will nicht schon wieder diese Flüsterstimme hören – die Stimme aus dem Grab ...* Aber dann nahm Jenny doch ab. »Hallo?«

»Jenny? Ich bin's.«

9. Kapitel

»Was ... Was wollen Sie?«, schrie Jenny in den Hörer und setzte sich so heftig auf, dass die Zudecke auf den Boden rutschte.

»Jenny, ich bin's doch nur«, wiederholte die Flüsterstimme, bevor ein quietschiges Kichern folgte.

Jenny hatte den Eindruck, als begänne sich das Zimmer um sie zu drehen. »Chuck, warum machst du das?« Ihre Stimme klang vor Angst so heiser und angespannt, dass sie sie beinahe selbst nicht erkannt hätte.

Wieder folgte leises Kichern, und dann unterbrach ein Knacken das Rauschen der Leitung, bevor die Stimme sagte: »Jenny, ich bin's, Eli.«

»Was?«, fragte Jenny entgeistert und dachte gleichzeitig, dass sie sich doch wohl verhört hatte. Spielte ihr Gehirn ihr jetzt schon Streiche? Kam das von dem Aufprall aufs Pflaster, als Chuck sie vom Bordstein gestoßen hatte?

»Ich bin's, Eli«, flüsterte der kleine Junge noch einmal ins Telefon. »Ich rufe von dem Apparat an, den ich selbst gebaut habe.« Wieder ein unterdrücktes Kichern.

»Eli, bist du das wirklich?« Jenny konnte jemanden am anderen Ende der Leitung atmen hören. »Eli?«

»Ist das nicht super?« Vor Begeisterung vergaß er ganz zu flüstern.

»Warum rufst du mich mitten in der Nacht an, Eli?«

»Mom und Dad wissen nichts davon. Ist das nicht totaler Wahnsinn? Mein Telefon funktioniert!«

»Ja, Wahnsinn«, wiederholte Jenny spöttisch, während sich ihr Herzschlag allmählich beruhigte. Dann beugte sie sich über die Bettkante und hob die Zudecke auf. »Hör zu, Eli, es ist schon sehr spät.«

»Ich weiß.«

»Und morgen bin ich den ganzen Tag bei dir. Wie wär's, wenn du auflegst und wir beide ein bisschen schlafen?« Ohne es zu wollen, hörte sich Jenny sehr verärgert an, aber Eli hatte ihr auch wirklich einen Schrecken eingejagt. Und nachdem sie heute Nacht so urplötzlich Chuck begegnet war, brauchte sie nicht noch mehr Aufregung.

»Ich kann anrufen, wann ich will«, sagte Eli, ohne auf ihre Bitte einzugehen. »Ist das nicht Wahnsinn?«

Wenn er noch einmal »Wahnsinn« sagt, bringe ich ihn um, dachte Jenny und laut sagte sie dann gähnend: »Ich mache jetzt Schluss, Eli. Gute Nacht.« Sie legte auf und warf einen Blick auf den Wecker. Schon fast halb drei! Wieso war Eli um diese Zeit überhaupt wach?

Jenny hatte immer noch damit zu tun, ihre Bettdecke wieder richtig hinzulegen, als das Telefon erneut klingelte. Wieder durchfuhr es sie. Wer ... Wer war es diesmal? Bevor es ein zweites Mal klingelte, nahm Jenny den Hörer ab. »Hallo?«

»Hallo, du hast mich nicht gute Nacht sagen lassen.«

»Eli, geh jetzt endlich aus der Leitung! Ich will schlafen, und das solltest du auch tun!«

»Ich wollte doch nur gute Nacht sagen.« Eli war beleidigt.

»Also dann, gute Nacht.«

»Gute Nacht, Jenny.« Er kicherte wieder und legte auf.

Was für ein böses Kichern, dachte Jenny, die danach fast eine halbe Stunde brauchte, bis sie endlich in einen leichten, traumlosen Schlaf sank.

»Tolle Party!« Spöttisch verdrehte Jenny die Augen.

»Freut mich, dass es dir gefällt«, sagte Cal grinsend.

Irgendjemand hatte im Wohnzimmer das Licht ausgemacht, und überall am Boden räkelten sich Pärchen. Das Gleiche galt fürs Fernsehzimmer, und im Esszimmer überlegten sich einige Jungen, die irgendwie an ein Fässchen Bier gekommen waren, womit sie den Zapfhahn einschlagen konnten. Aus den im ganzen Haus verteilten Lautsprechern dröhnte Technomusik.

Cal trug überweite Canvashosen und ein kurzärmliges Hawaiihemd. Jenny hatte zum grünen bauchnabelfreien Top knallenge Jeans an. Um festzustellen, was die anderen Leute auf der Party anhatten, war es zu dunkel!

Während sich Cal und Jenny nach einem ruhigen Plätzchen umsahen, hielt Cal sie bei der Hand. Aber nirgends war etwas frei. Schließlich packte Jenny ihn am Arm. »Wie wär's mit dem Vorgarten?« Um die Musik zu übertönen, musste sie richtig laut schreien.

Cal stolperte über ein Pärchen, das es sich auf dem Wohnzimmerteppich gemütlich gemacht hatte. Er wäre beinahe hingefallen, hätte Jenny ihn nicht festgehalten. Sie mussten beide lachen. Dann zupfte Jenny Cal am Ärmel. »Wo ist der Junge, der dich eingeladen hat?«

»Was? Ich kann dich nicht verstehen.«

»Wo ist unser Gastgeber?«

»Keine Ahnung!« Cal zuckte die Achseln. »Vielleicht ist er hier irgendwo, aber ich kann mich wirklich nicht mehr erinnern, wie er aussieht.«

»Lass uns gehen!« Jenny zog ihn mit sich in den Flur.

»Aber es fängt doch gerade erst an!«

»Auf diese Art von Partys stehe ich nicht. Du willst doch nicht ernsthaft hier bleiben?« Jenny ließ seinen Arm los.

Cal schüttelte den Kopf. »Nein, lass uns gehen.«

Sie stolperten auf die Eingangstür zu und verließen eiligst das Haus. Zwei Jungen mit Schirmmütze, weißem T-Shirt und Jeansjacke kamen den Weg zum Haus hinaufgewankt. »Ist hier die Party?«, fragte der eine Cal lallend, während der andere Jenny von Kopf bis Fuß musterte.

»Nein, eins weiter«, sagte Cal mit ernster Miene und zeigte aufs Nachbarhaus.

»Danke, Alter.« Die beiden machten kehrt und wankten über den Rasen aufs Nachbargrundstück zu.

»Die Leute werden sich freuen«, flüsterte Jenny.

»Lass uns verschwinden.« Cal grinste und zog Jenny mit sich zu seinem Wagen, der auch schon bessere Tage gesehen hatte. Als Cal den Motor anließ und sie davonfuhren, lächelte er immer noch. Aber sobald sie einige Häuserblöcke weit gefahren waren, stellte Jenny fest, dass sich seine Laune drastisch verschlechtert hatte. Er sagte keinen Ton mehr und hatte den Blick stur geradeaus gerichtet.

»He«, rief Jenny und legte ihm eine Hand auf den Arm, »was ist denn los?« Aber Cal antwortete nicht. »He, Cal … hallo! Was hast du?« Er zuckte die Schultern und verzog immer noch keine Miene. Langsam strich er sich mit dem Finger über die Narbe am Kinn. Jenny verstand die Welt nicht mehr. Erst lachte er und spielte den Leuten Streiche, und gleich darauf zog er ein Gesicht wie drei Tage Regenwetter! »Cal?«

»Tut mir Leid.« Sein kurzes blondes Haar glänzte und seine blauen Augen glitzerten im Licht einer Straßenlaterne, an der sie vorbeifuhren. »Es … Es ist mir nur alles so … peinlich.«

Jenny war nicht sicher, ob sie ihn richtig verstanden hatte. »Was sagst du?«

»Es ist mir peinlich, das ist alles«, wiederholte er und klang irgendwie ärgerlich.

»Ich verstehe dich nicht.«

»Ich wollte, dass du einen netten Abend mit mir hast.« Er wich Jennys Blick aus und sah starr nach vorn. »Ich wollte dich beeindrucken, stattdessen habe ich dich mit zu dieser blöden Party geschleppt, wo sich ein Haufen Volltrottel benommen hat wie Tiere.«

»Ich war schon mal, auf 'ner Party, wo es hoch herging«, sagte Jenny und lächelte.

Aber das schien Cal nur noch mehr aufzuregen. »Ich wollte einfach nur einen guten Eindruck machen. Stattdessen landen wir bei einem Haufen Idioten, die sich knutschenderweise auf dem Boden rumwälzen und nicht einmal in der Lage sind, so ein blödes Fass Bier anzustechen.«

Jenny wollte schon einen Witz machen, aber als sie sah, wie aufgeregt Cal war, sagte sie einfach: »Vergiss es«, und berührte leicht seine Hand.

»Das kann ich nicht.«

»Es ist doch nichts passiert. Lass gut sein, Cal. Ich habe den ganzen Tag mit einem Zehnjährigen verbracht, der alles, was ich vorgeschlagen habe, langweilig und kindisch fand. Egal, was *wir* heute Abend noch machen, es ist bestimmt besser als das!«

»Oh, da fühle ich mich doch gleich *viel* besser!« Cal klang jetzt selbst wie ein Kind.

»Halt an!«

»Wie bitte?« Erstaunt sah Cal zu Jenny hinüber.
»Fahr rechts ran! Jetzt sofort.«
»Willst du etwa aussteigen? Wir sind doch hier irgendwo im Nichts. Lass mich dich wenigstens nach Hause –«
»Würdest du einfach mal rechts ranfahren?«, beharrte Jenny, und Cal lenkte den Wagen an den Randstein, kuppelte aus und zog die Handbremse an. Dann wandte er sich Jenny zu. »Hör mal, es tut mir wirklich –«
Bevor er seinen Satz zu Ende führen konnte, hatte ihm Jenny die Arme um den Hals gelegt und ihm einen langen, intensiven Kuss gegeben. »Okay, jetzt kannst du weiterfahren.«
»Jenny –«
»Das wollte ich schon den ganzen Abend tun.« Das erste Mal seit Monaten fühlte sie sich richtig gut. »Ich glaube, trotz allem hast du einen guten Eindruck auf mich gemacht, Cal.« Sie wollte sich wieder von ihm lösen, aber Cal hielt sie fest und küsste sie noch einmal. Diesmal wollte er gar nicht mehr aufhören.
Mit geschlossenen Augen erwiderte Jenny seinen Kuss und dachte: *Cal ist so ... Feuer und Flamme. Vielleicht haben wir das gemeinsam. Vielleicht fühle ich mich deshalb so zu ihm hingezogen, obwohl ich kaum etwas von ihm weiß.* Sie rückte ein wenig von ihm ab. »Cal, wir sollten hier am besten aufhören.«
Er sah enttäuscht drein. Jenny setzte sich wieder auf ihrem Sitz zurecht und strich ihr Oberteil glatt. Ihr Herzschlag raste. Am liebsten hätte sie Cal noch einmal geküsst, und immer wieder, so sehr sehnte sie sich nach Zärtlichkeit. Aber sie wollte ihn erst besser kennen lernen. Deshalb sagte sie nur: »Es ist immer noch früh. Warum unternehmen wir nicht noch was?«

Cal lächelte, dabei glitzerten seine Augen im Licht der Straßenlaterne, unter der der Wagen stand. Dann trat er die Kupplung, legte den ersten Gang ein und fuhr los.

»Ich weiß, was wir machen!«, rief Jenny. »Lass uns Rollerskaten!«

»Mitten in der Nacht?«

»Warum nicht? Direkt hinter Halsey Manor ist eine Bahn. Du weißt schon, an der Straße, die in nördlicher Richtung stadtauswärts führt.«

»Aber wir haben doch gar keine Rollerblades dabei!«

»Die kann man leihen, Dummkopf!«

Für einen Moment blickten Cals Augen ganz kalt, und sein Gesichtsausdruck verhärtete sich. Für so empfindlich hätte Jenny ihn gar nicht gehalten. Sie wollte sich gerade entschuldigen, als er auch schon wieder lächelte.

»Kannst du denn Rollerblades fahren?« Jenny sah ihn an, während die Umrisse der dunklen Bäume und Büsche, an denen sie vorbeifuhren, durch die Geschwindigkeit ineinander zu verschwimmen schienen.

»Ich kann's ja mal versuchen.«

»Soll das heißen, du hast in deinem Leben noch nie auf diesen Dingern gestanden?«

Er zuckte die Schultern. »Ich hatte eine harte Jugend.«

War das sein Ernst? Jenny sah ihm forschend in die Augen. Aber sie konnte es nicht sagen.

Plötzlich wurden sie vom Scheinwerferlicht eines entgegenkommenden Fahrzeugs angeleuchtet, als hätte man das Rampenlicht auf sie gerichtet. Erstaunt stellte Jenny fest, wie streitsüchtig und abweisend Cal wirkte. Der silberne Ring in seiner Augenbraue glänzte, und sein kurz geschnittenes platinblondes Haar leuchtete beinahe weiß, um sich gleich darauf wieder mit den Schatten der Dunkelheit zu mischen, als der Wagen auf der anderen Fahrbahnseite an ihnen vorbeifuhr.

Was mache ich hier eigentlich mit diesem brutal aussehenden Schlägertypen, den ich überhaupt nicht kenne?, fragte sich Jenny, und eine innere Stimme antwortete ihr: »Dich amüsieren. Endlich geht es dir mal wieder gut.«

»Komm, Cal, bieg hier ab! Die Rollschuhbahn ist direkt hinter dem Hügel. Das wird bestimmt lustig.«

»Lustig?«, wiederholte er ungläubig, bog aber brav rechts ab.

Auf der Rollschuhbahn war es supervoll, laut und ... lustig. Aus den riesigen Boxen, die an den Dächern über den Tribünen befestigt waren, tönte ein Charthit nach dem anderen – mal Mainstream, mal Techno, mal House. Am Anfang hatte Jenny mit dem Fahren ein bisschen Probleme. Es war schon eine halbe Ewigkeit her, dass sie auf Blades gestanden hatte. Außerdem blockierte immer wieder ein Rad an ihren Leihschuhen.

Cal erwies sich als wahres Naturtalent, worüber er selbst am meisten erstaunt war. Problemlos drehte er Runde um Runde. Er fuhr sogar so gut, dass Jenny ihm vorwarf, vorher schon einmal gefahren zu sein. Er lachte nur und erklärte, dass ihm die meisten Sportarten leicht fielen.

Wieder hätte Jenny nicht sagen können, ob er das ernst meinte oder sie nur auf den Arm nehmen wollte. Aber das wäre ihr auch egal gewesen. Sie mochte Cal und wollte nicht, dass der Abend jemals endete.

Aber die Rollschuhbahn schloss um Mitternacht, und kurze Zeit später bog Cal bei Jenny zu Hause in die Einfahrt ein. Er begleitete sie bis zur Tür und gab ihr unter der Verandabeleuchtung einen Kuss. Diesmal allerdings ein wenig schüchtern und viel zu kurz für Jennys Geschmack.

»Bis bald«, sagte Cal gerade, als Jenny bemerkte, dass sich seitlich am Haus die Hecke bewegte. Die Bewegung war zu schnell und zu heftig, als dass sie vom Wind hätte herrühren können. Da versteckte sich jemand!

Jenny umklammerte Cals Arm und flüsterte: »Cal, sieh nur!« Genau in diesem Augenblick bewegte sich die Hecke wieder. Man hörte auch Blätter rascheln, und Cal rief ärgerlich: »He, wer ist da?«

Als Antwort schien sich die Hecke regelrecht zu schütteln, und dann hörten sie beide, wie jemand davonrannte.

»He!«, rief Cal und lief so schnell er konnte in die Richtung, in die sich die Schritte entfernten.

»Komm zurück!«, rief Jenny. »Cal!« Irgendwie hatte sie das Gefühl, es könnte Mr. Hagen sein, der von den Toten auferstanden war und ihr jetzt im Dunkeln auflauerte. *Was für ein blöder Gedanke!* Trotzdem ließ er sie nicht los, und sie rief verzweifelt: »Cal, komm zurück!« Er blieb stehen und kehrte um.

»Da hat sich eindeutig jemand versteckt«, sagte Cal, als er ganz außer Atem bei ihr ankam. »Wahrscheinlich ein Einbrecher.«

»Wahrscheinlich«, sagte Jenny und dachte: *Ein Einbrecher! Na klar! Das ist die logischste Erklärung der Welt, aber ich habe nicht eine Sekunde daran gedacht.* »Du bist sehr mutig gewesen«, sagte sie dann, aber Cal widersprach kopfschüttelnd: »Ich war ziemlich blöd.«

»Nein, sag das nicht.« Rasch gab Jenny ihm noch einen Kuss auf die Wange, drehte sich um und eilte ins Haus.

Nachdem sie sich davon überzeugt hatte, dass alle Türen verschlossen waren, rannte sie die Treppe hinauf und machte das Licht im unteren Flur aus. Dann stand sie auf dem Treppenabsatz und lauschte auf das Motorengeräusch von Cals Wagen, das allmählich leiser wurde.

Beim Ausziehen zwang sie sich, nicht daran zu denken, wer da hinter der Hecke auf sie gelauert hatte. Lieber dachte sie an Cal. Er konnte unheimlich gut Rollerblades fahren und schien sehr empfindsam zu sein. Die Sache mit der Party war ihm immerhin so peinlich gewesen, dass er danach richtig schlechte Laune bekommen hatte.

Als sie ihr Nachthemd anzog, war sie überhaupt noch nicht müde und nahm eine zerfledderte Ausgabe einer Mädchenzeitschrift vom Regal, um noch einen Augenblick im Bett zu lesen.

Gerade hatte sie das Licht ausgeknipst, als das Telefon klingelte. Sie warf einen Blick auf die Leuchtziffern ihres Weckers – fast zwanzig nach eins – und nahm ab. »Hör mal zu, Eli, ich habe dir doch schon gesagt, dass du so spät nicht mehr anrufen sollst!«

»Hier ist kein Eli«, flüsterte da eine heisere Stimme, und Jenny stockte der Atem. *»Jenny, ich bin wieder da.«*

»Nein, hören Sie auf damit!«

»Bist du ganz allein, Süße?« Der Anrufer benutzte die gleichen Worte wie Mr. Hagen.

»Lassen Sie mich in Ruhe! Das ist nicht witzig!«, kreischte Jenny und hielt den Hörer so fest umklammert, dass ihr die Hand schmerzte.

»Ich leiste dir bald Gesellschaft.« Schon wieder die

Worte, mit denen Mr. Hagen sie vor Monaten in Angst und Schrecken versetzt hatte.

»Wer ist da, und was wollen Sie?«

Als Antwort erklang lediglich ein Knacken und dann war die Leitung tot.

10. Kapitel

Auf dem Fahrstreifen glitzerten zahlreiche kleine Pfützen und wirkten wie glühende Augen. Der sich endlos hinziehende Asphalt glänzte, und Jenny hatte den Eindruck, als hätte der Regen – Feenstaub gleich – den Parkplatz in ein dunkel schimmerndes Riesenjuwel verwandelt. *Nichts von alledem entspricht der Wirklichkeit,* dachte sie dabei. *Weder die dunklen Schaufenster der Einkaufspassage, noch mein Auto inmitten des großen leeren Parkplatzes und auch nicht die altmodische Straßenlaterne, unter der ich stehe.*

Jenny blinzelte, bis alles ineinander verschwamm und tatsächlich aussah wie ein glitzerndes dunkles Juwel. Dann öffnete sie die Augen wieder ganz, und sah sich suchend nach Cal um. Wo steckte er bloß? Sie hatten sich genau hier auf dem Parkplatz der Walker-Mall-Einkaufspassage verabredet. ›Hinter dem Doughnut-Laden‹, hatte er gesagt. Ganz hinten in der Ecke des sich scheinbar endlos erstreckenden Parkplatzes, dort wo die großen grünen Container für Altkleider standen, die dann von der Kirche an Bedürftige verteilt wurden.

Vor etwa einer Viertelstunde hatte es aufgehört zu regnen. Jenny war schon vorher angekommen, hatte ihren Wagen geparkt und dann beobachtet, wie in den Läden ringsum ein Licht nach dem anderen ausging – wie bei einer Kettenreaktion. Dann hatte sie zugesehen, wie auch noch der letzte Wagen den Parkplatz verließ und in die feucht glänzende Dunkelheit hineinfuhr. Erst als sie ganz allein war, hatte sie das Auto verlassen – dankbar für die frische Luft, deren feuchte Kühle sich auf ihren erhitzten Wangen gut anfühlte. Es war so feucht, dass sich auf ihrem Haar inzwischen kleine Tröpfchen gebildet hatten.

Jenny hatte angefangen, zwischen ihrem Wagen und den Altkleidercontainern hin und her zu gehen, beleuchtet vom gelben Schein der hohen gebogenen Straßenlaterne. Es war schon spät. Sehr spät. Wo blieb bloß Cal? Warum hatte sie sich überhaupt darauf eingelassen, ihn um diese Uhrzeit noch zu treffen? Warum hatte sie sich mit diesem seltsamen, unwirklichen Treffpunkt einverstanden erklärt, der eher der Kraterlandschaft eines unbekannten Planeten glich, denn einem Parkplatz? Weil sie Cal sehen wollte. Weil er sie darum gebeten hatte, hierher zu kommen.

Ich bin ganz allein, ging es Jenny jetzt durch den Kopf. *Ich kann tun und lassen, was ich will. Ich könnte tanzen oder singen. Diese ganze schimmernde neue Welt gehört mir!*

Während Jenny zwischen ihrem Wagen und den großen grünen Containern hin und her ging, fing sie an zu singen. Plötzlich wurde es dunkler und der Asphalt glitzerte nicht mehr. Jenny sah zum Himmel hoch, an dem sich eine dichte Wolkendecke vor den Mond geschoben hatte.

Langsam wurde Jenny ungeduldig. Es war nicht richtig von Cal, sie hier auf dem dunklen leeren Parkplatz warten zu lassen. Als ihr ein Wassertropfen auf die Stirn fiel, zuckte sie erschrocken zusammen. Dann fiel ihr ein Tropfen auf die Schulter. Es fing schon wieder an zu regnen – ein kalter Sprühregen. *Wo bleibst du bloß, Cal? Bitte beeil dich. Du weißt doch, dass ich hier draußen auf dich warte.*

Da hörte Jenny ein Kratzen und blieb stehen. Woher war das Geräusch gekommen? Vielleicht war es nur der Wind? Aber der machte doch keine kratzenden Geräusche.

»Cal, bist du das? Cal! Bist du hier irgendwo?« Auf dem Parkplatz war es jetzt fast stockdunkel. Viele der anderen Straßenlaternen waren ausgefallen. Irgendjemand stöhnte. Ganz in der Nähe. »Cal?« Plötzlich bekam Jenny es mit der Angst zu tun. Jetzt hörte sie auch wieder das Kratzen. Und das Stöhnen. Da war doch jemand! Jenny hatte den Eindruck, als bliebe ihr das Herz stehen. Sie musste sich richtig zwingen, zu atmen. »Cal? Wenn du das bist, sag doch was!«

Und dann, während Jenny so auf halbem Weg zwischen ihrem Wagen und den Altkleidercontainern im gelblichen Licht der einzig funktionierenden Straßenlaterne in ihrer Nähe stand und der kalte Regen immer heftiger wurde, sah sie eine Hand. »O, Gott!« Da stak eine Hand aus dem Altkleidercontainer. War das die von Cal? War ihm irgendetwas Schreckliches zugestoßen? Ohne nachzudenken rannte Jenny auf den Container zu, schob den Deckel zurück und ergriff die Hand. Sie fühlte sich ganz kalt an. Aber als Jenny daran zog, kam plötzlich Leben in sie, und die kalte Hand umklammerte Jenny mit Eisfingern.

»He!«, schrie Jenny und versuchte, sich loszureißen. Aber in diesem Augenblick kletterte die Gestalt eines Mannes aus dem Container. Immer noch Jennys Hand festhaltend, trat der Mann langsam ins Licht der Straßenlaterne. »Nein!«, schrie Jenny und versuchte verzweifelt, sich von dem Griff zu befreien. »Bitte, nicht!«

Der Mann grinste, sein Gesicht wirkte bräunlich grün und kam Jenny bekannt vor. Mr. Hagen! Ihm fehlte ein Auge, und man konnte die leere, mittlerweile trockene Höhle sehen. Auf seiner Wange und an der Stirn war an manchen Stellen der bloße Knochen zu erkennen. Dort musste er mit dem Kopf aufgeschlagen sein, und die Hautfetzen waren inzwischen verwest und abgefallen.

»Jenny ...«, flüsterte er, und Jenny konnte seine Zahnlücken sehen. Dort, wo ihm beim Aufprall die Zähne abgebrochen waren, faulten die Stümpfe jetzt vor sich hin. Immer noch hielt er ihre Hand mit seinen eiskalten Fingern umklammert. Und wie er roch! Der Gestank von verfaultem Fleisch umgab ihn – umgab sie beide und schien Jenny regelrecht zu ergreifen und zu ihm hinzuziehen, sodass sie nicht davonlaufen konnte.

»Jenny ...«, hauchte er nun noch einmal, und sein heißer, übel riechender Atem wehte ihr ins Gesicht. Ein schwarzer Käfer – ein Totengräber – krabbelte ihm über die geschwollene Zunge, und er fuhr sich schnell über die trockenen Lippen. Aber das half nichts, denn seine Zunge war genauso trocken und lehmverkrustet.

»Nein!«, schrie Jenny. »Lassen Sie mich los! Ich flehe Sie an! Lassen Sie mich gehen! Sie sind doch tot!«

»Nein, Jenny, ich bin wieder da!«

11. Kapitel

»Dann bin ich aufgewacht und habe mir die Lunge aus dem Leib geschrien«, sagte Jenny und drehte wieder eine Strähne ihres dunklen Haars zwischen den Fingern. »Mom war in meinem Zimmer und saß auf der Bettkante. Sie hatte versucht, mich aufzuwecken, um mich aus dem schrecklichen Traum rauszuholen.«

Dr. Schindler räusperte sich, sondern spielte an seiner Schreibtischuhr und wartete, dass Jenny fortfuhr.

»Es war fast der gleiche Traum wie sonst auch, nur dass das Ganze woanders passierte. Und es kam mir irgendwie auch echter vor.«

»Echter?«, fragte der Psychiater jetzt, und in seine grünen Augen schien plötzlich Leben zu kommen.

»Ja, mit all dem Regen. Ich konnte ihn regelrecht fühlen, und auch die Luftfeuchtigkeit. Und die Farben. Und den Gestank.« Angeekelt verzog Jenny das Gesicht. »Ich schwöre Ihnen, Dr. Schindler, ich konnte riechen, wie Mr. Hagen gestunken hat – nach Verwesung. Selbst noch, nachdem ich aufgewacht bin.«

»Ein sehr lebendiger Traum«, murmelte Dr. Schindler und überprüfte sein Aufnahmegerät, bevor er sich Jenny erneut zuwandte. »Du sagtest, diesmal habe sich das Ganze an einem anderen Ort zugetragen?«

»Ja, wenn ich sonst davon träumte, spielte es sich immer im alten Steinbruch ab«, antwortete Jenny und zwirbelte ihre Haarsträhne. »Ich weiß nicht, warum ich im Traum diesmal auf dem Parkplatz beim Einkaufszentrum war.«

Einen Augenblick herrschte Schweigen. Jenny konnte hören, wie die Kassette im Aufnahmegerät leise vor sich hin surrte und das Wasser in der Kaffeemaschine an der gegenüberliegenden Wand blubberte. Sie blickte starr auf Dr. Schindlers ordentlich aufgereihte Diplome an der Wand und wartete, dass er etwas sagte. Dabei fragte sie sich, ob er vielleicht das Gleiche von ihr erwartete.

»Kannst du dich noch an etwas erinnern, das in diesem Traum anders war als sonst?«, fragte er schließlich. Offensichtlich wollte er dabei auf etwas ganz Bestimmtes hinaus. Aber warum sagte er es dann nicht einfach? Warum stellte er nur Fragen und zwang sie, all die Arbeit zu machen?

»Ob noch etwas anders war?«, überlegte Jenny laut und starrte weiter auf die Diplome an der Wand, bis sie zu einem einzigen großen Riesendiplom verschwammen. »Nun ... ich glaube, das war das erste Mal, dass Cal in dem Traum vorkam.«

»Aber er war doch eigentlich nicht wirklich in dem Traum, oder?«, fragte der Arzt seelenruhig und beugte sich ein wenig über seinen Mahagonischreibtisch zu Jenny hinüber.

»Nun ja, eigentlich nicht. Aber seinetwegen habe ich schließlich auf dem Parkplatz gewartet.«

»Er war der Grund dafür?«

»Ja«, zischte Jenny, die überhaupt nicht wusste, worauf Dr. Schindler mit seiner Fragerei hinauswollte.

»Was glaubst du, warum er auf diese Weise in deinem Traum vorkam?«, fragte er nun.

Jenny dachte darüber nach. »Ich weiß nicht.«

»Meinst du, du hast vielleicht Zweifel, was Cal betrifft? Vielleicht, was seine Motive angeht, mit dir zusammen zu sein? Traust du Cal nicht so richtig?«

»Ich weiß nicht«, antwortete Jenny verwirrt und fügte dann schnell hinzu: »Ich denke schon, dass ich ihm trauen kann.«

»Was ist denn mit diesen Furcht erregenden Anrufen, von denen du mir erzählt hast? Wäre es möglich, dass du Cal im Unterbewusstsein verdächtigst, der anonyme Anrufer zu sein?«

»Cal? Nein!«, schrie Jenny jetzt außer sich. »Wie könnte ich? Ich meine, wie könnte *er*? Woher soll Cal denn wissen, was Mr. Hagen immer geflüstert hat, wenn er mir am Telefon Angst einjagen wollte?«

»Ich versuche nur, dich dazu zu bringen, dir über den Traum Gedanken zu machen«, sagte Dr. Schindler beschwichtigend und lehnte sich in seinem großen Lederstuhl zurück. »Erzähl mir noch mehr von den Telefonanrufen.«

»Darüber gibt es nicht mehr viel zu sagen«, erklärte Jenny, der alles Mögliche durch den Kopf schwirrte. »Ich bekomme sie spät in der Nacht. Es ist immer das gleiche heisere Flüstern. Immer die gleichen Worte. Es ... Es ist einfach so gruselig!«

Jenny hatte sich aufgesetzt und hoffte, dass ihr das half, einen klaren Gedanken zu fassen. »Dr. Schindler, bin ich dabei durchzudrehen? Diese Anrufe –«

Aber Dr. Schindler unterbrach sie. »Nach einem so heftigen Trauma dauert es eine Weile, bis sich die Einbildungskraft wieder beruhigt.«

»Wie bitte? Sie ... Sie glauben, dass ich mir diese Anrufe nur einbilde?« Ärgerlich sprang Jenny auf.

»Bitte, lass mich ausreden.« Dr. Schindler bedeutete ihr, sich wieder auf die Couch zu legen. »Ich will dich nicht aufregen, Jenny. Aber wir müssen sehr genau über all diese Dinge nachdenken und jede Möglichkeit in Betracht ziehen.«

Aber Jenny war zu wütend und aufgeregt, um sich wieder hinzulegen. Stocksteif stand sie vor der Couch und hatte die Arme vor der Brust verschränkt. »Sie glauben also, dass ich mir den Telefonanruf in jener Nacht nur eingebildet habe?«

»Ich glaube, dass es sich mit den Telefonanrufen vielleicht genauso verhält wie mit deinen Träumen«, sagte der Arzt und umklammerte die Schreibtischuhr mit beiden Händen. »Deine Träume sind so lebhaft, dass du darin sogar riechen kannst. Wer weiß schon, ob der Grund für diese Träume dich die Telefonanrufe nicht auch –?«

»Ich verstehe überhaupt nicht, was Sie meinen!«, schrie Jenny.

Dr. Schindler sah auf die Schreibtischuhr und fuhr sich rasch mit der Hand durchs kupferfarbene Haar. »Unsere Zeit für heute ist um. Aber das ist auch ganz gut so. Wir müssen erst einmal wieder uns beruhigen, wenn wir vernünftig über diese Sache reden wollen.«

»Wie soll ich denn da ruhig bleiben?« Jenny fühlte sich verletzt und hintergangen. Offensichtlich hielt Dr. Schindler sie für verrückt! Es war doch völlig unmöglich, dass sie sich diese furchtbaren Anrufe nur einbildete. Sie waren echt! Sie mussten einfach echt sein. Oder drehte sie wirklich langsam durch?

»Möchtest du, dass wir für morgen einen Termin außer der Reihe machen?« Dr. Schindler war aufgestanden und sah sie jetzt eindringlich an.

»Eine extra Sitzung?«

»Dann würdest du dich bestimmt besser fühlen.«

»Nein, morgen kann ich nicht«, sagte Jenny, während ihr der Kopf schwirrte. »Morgen muss ich den ganzen Tag auf Eli aufpassen. Heute Vormittag war ich schon die ganze Zeit bei ihm und morgen muss ich auch arbeiten. Die Wexners brauchen mich doch öfter, als am Anfang angenommen.«

»Wie hat es denn heute mit Eli geklappt?«, fragte Dr. Schindler, während er Jenny zur Tür begleitete.

»Nicht gut. Eli war aus irgendeinem Grund sauer auf mich. Ich konnte ihn nicht dazu bringen, mir zu sagen, warum. Er hat behauptet, mich zu hassen, und sich dann geweigert, weiter mit mir zu reden.«

»Da hattest du ja einen ziemlich stressigen Tag«, sagte Dr. Schindler mitfühlend. »Soll ich dir irgendetwas zur Beruhigung verschreiben? Vielleicht Schlaftabletten?« Mit einer Hand öffnete er die Tür zum Warte- und Empfangszimmer und legte Jenny die andere auf die Schulter. Miss Gurney sah von ihrem Schreibtisch auf, und Dr. Schindler sagte leise: »Es kann nichts schaden, Jenny, wenn du heute Abend mal eine Schlaftablette nimmst.«

»Meinetwegen«, gab Jenny schließlich nach. »Vielleicht ist das eine gute Idee.«

Dr. Schindler ging noch mit ihr zu Miss Gurneys Schreibtisch. Dabei hatte er nach wie vor eine Hand auf Jennys Schulter. Dann kritzelte er rasch in der für Ärzte typischen unleserlichen Schrift etwas auf einen Rezeptblock, riss das Blatt ab und reichte es Jenny mit einem freundlichen Lächeln. Das war überhaupt das erste Mal, dass Jenny ihn an diesem Nachmittag lächeln sah.

»Ein bisschen Schlaf tut immer gut«, sagte er und wandte sich wieder dem Behandlungszimmer zu. »Du kannst mich jederzeit anrufen.« Er schloss die Tür, und Jenny nahm ihren Rucksack, den sie bei der Garderobe abgestellt hatte.

»Heute siehst du ganz schön müde aus«, sagte Miss Gurney und musterte Jenny.

»Ich habe letzte Nacht nicht besonders gut geschlafen.« Jenny verabschiedete sich rasch von der Sprechstundenhilfe und eilte hinaus auf die Straße.

Es war ein schwül-warmer Nachmittag und die Sonne stand immer noch hoch am Himmel. Eine dunkle Wolkenwand schien von Süden her näher zu kommen. Wahrscheinlich würde es bald wieder regnen. Während Jenny die Hügelstraße hinunterlief, durchwühlte sie ihren Rucksack nach Kleingeld für den Bus. Überrascht stellte sie dabei fest, dass sie etwas an der Hand kitzelte. Außerdem fühlte es sich irgendwie matschig an.

War da irgendwas ausgelaufen? Aber was?

Jenny umfasste das feuchte Etwas und zog es heraus. Als sie sah, was sie da in der Hand hielt, ließ sie schreiend den Rucksack fallen. Mehrere Leute auf dem Bürgersteig drehten sich nach ihr um. Dann schrie Jenny noch einmal und starrte wie gebannt auf die tote Tarantel in ihrer Hand.

12. Kapitel

Jenny rannte ins Haus, knallte die Tür hinter sich zu und feuerte den Rucksack in eine Ecke. Dann stürzte sie sich aufs Telefon und tippte die Nummer der Wexners ein, wobei ihr das Herz immer noch bis zum Hals schlug.

Über diesen widerlichen Streich von Eli konnte sie einfach nicht hinwegsehen. Sie musste Mrs. Wexner davon erzählen. Zum einen, weil es wirklich gemein gewesen war, ihr die Tarantel in den Rucksack zu stecken – wo Eli doch wusste, dass sie panische Angst vor Spinnen hatte. Zum anderen, und das war fast noch wichtiger, weil Eli dafür anscheinend eines seiner Haustiere getötet hatte. Nur, um ihr einen Streich zu spielen! Wenn dem so gewesen sein sollte, mussten seine Eltern davon erfahren.

Das Telefon klingelte einmal, dann noch einmal und noch einmal. Nach dem achten Klingeln knallte Jenny frustriert den Hörer auf. Da sie wusste, dass sie allein zu Hause war, schrie sie so laut sie konnte: »AHHHHHHH!« Aber danach fühlte sie sich auch nicht besser.

Was für ein Aufhebens sie auf dem Bürgersteig vor Dr. Schindlers Praxis gemacht hatte! Sie hatte geschrien wie am Spieß und der Inhalt ihres Rucksacks hatte sich zu ihren Füßen ausgebreitet. *Bestimmt haben mich die anderen Passanten für total verrückt gehalten. Vielleicht bin ich das ja auch. Dr. Schindler ist ja wohl auch der Meinung.* Jenny dachte daran, wie er angedeutet hatte, dass sie sich die geflüsterten Telefonanrufe von Mr. Hagen wahrscheinlich nur einbildete. Zunächst wurde sie wieder wütend, aber dann überlegte sie, ob Dr. Schindler womöglich Recht hatte.

Ihre Einbildungskraft war ja immer schon sehr rege gewesen. Ihre Fantasien und Träume waren ihr häufig genauso wirklich vorgekommen wie Dinge, die tatsächlich passierten. Aber war es denn möglich, dass sie mittlerweile nicht mehr unterscheiden konnte, ob sie etwas nur geträumt hatte oder ob es tatsächlich geschehen war? Bildete sie sich diese Furcht einflößenden Telefonanrufe wirklich nur ein?

Während Jenny darüber nachdachte, bekam sie Kopfschmerzen. Sie ging in die Küche und nahm eine Dose Cola aus dem Kühlschrank. Nach mehreren tiefen Zügen warf sie einen Blick auf die Uhr überm Herd – halb fünf. »O nein!« Sie wollte sich doch um halb fünf mit Claire und Rick auf den Tennisplätzen hinter der Highschool treffen. Die beiden hatten heute früher Schluss und noch Zeit, Tennis mit ihr zu spielen.

Jenny rannte die Treppe hinauf, schnappte sich ihren Schläger und warf noch einen Blick in den Spiegel. Rasch fuhr sie sich mit der Bürste durchs zerzauste Haar, bevor sie aus dem Haus eilte. Sie wollte gerade die drei Häuserblöcke bis zur Schule losjoggen, als ihr jemand von der Auffahrt her zurief. »He, Jenny!«

Erschreckt schrie Jenny auf. »Cal, was machst du denn hier?«

»Wollte nur hallo sagen.« Er rannte auf sie zu und lächelte schüchtern.

»Ich bin spät dran«, sagte Jenny, die sich von dem Schreck immer noch nicht ganz erholt hatte. »Ich bin mit Freunden zum Tennis verabredet.«

»Ich verstehe.« Cal sah enttäuscht aus, dabei ließen seine blauen Augen sie nicht los.

»He, kannst du Tennis spielen? Wir sind nur zu dritt und könnten noch einen Doppelpartner gebrauchen.«

»Ich kann es ja mal versuchen.« Er lächelte wieder.

»Das hast du vor dem Rollerskaten auch gesagt!« Jenny lachte. »Und dann hat sich herausgestellt, dass du ein Superfahrer bist.«

»Anfängerglück«, entgegnete er achselzuckend. Er trug eine Jeans und ein kurzärmliges Hemd. Jenny fand, dass er toll aussah. Sie lief zurück ins Haus und holte noch einen Schläger. Dann machten sie sich gemeinsam auf den Weg zur Schule.

»An welchem Ende hält man das Ding denn?«, flachste Cal, während er den Schläger hochwarf, sodass er herumwirbelte, und ihn wieder auffing. »Hier, wo das Leder drumgewickelt ist?«

»Sehr witzig.« Jenny schnitt eine Grimasse.

»Du bist heute wohl nicht besonders gut drauf, was?«

»Dass dir das auch schon auffällt!« Sie überquerten gerade im Laufschritt die Henry Street, und Jenny winkte Mrs. Russell zu, die wie gewöhnlich Unkraut jätete. »Um ehrlich zu sein, hatte ich nicht gerade einen tollen Tag.«

»Du meinst, bis ich gekommen bin?«

»Erst mal sehen, wie gut du Tennis spielst.«

Als sie bei den Tennisplätzen ankamen, verschwand die Nachmittagssonne gerade hinter dem dreistöckigen Schulgebäude. Claire und Rick spielten schon. Wie immer alberte Rick herum und versuchte, den Ball zu schlagen, obwohl er Claire den Rücken zugedreht hatte. Claire erinnerte Jenny an einen Flamingo – so wie ihre langen Beine aus den weißen Tennisshorts staken.

Als Jenny und Cal das Tor öffneten und auf den Platz kamen, unterbrachen Claire und Rick ihr Spiel, und Jenny entschuldigte sich für ihre Verspätung.

»Du hast bestimmt einen guten Grund dafür«, sagte Rick und lächelte sein schiefes Lächeln, während ihm der Schweiß von der breiten Stirn lief.

»Ja, jemand hat mir eine tote Tarantel in den Rucksack getan!«

»Ach, komm, dir fällt doch bestimmt noch `ne bessere Ausrede ein«, scherzte Rick, aber Jenny lachte nicht, sondern warf ihm einen vernichtenden Blick zu. Dann stellte sie Cal den beiden vor.

»Ich gehe ab Herbst auch auf die Harrison Highschool«, erklärte er und wies mit dem Tennisschläger auf das Ziegelsteingebäude hinter sich.

»Glückspilz«, spottete Rick.

»Spielen wir jetzt weiter?« Ungeduldig sah Claire auf ihre Armbanduhr. »Es wird sonst zu spät.«

Sie teilten sich auf: Claire und Rick gingen auf die eine Seite und Jenny und Cal auf die andere. Nachdem sich Jenny und Cal ein bisschen aufgewärmt hatten, fingen sie an zu spielen. Jenny wurde schnell klar, dass es sich mit Cals Tennisspiel genauso verhielt wie mit dem Skaten. Er war keineswegs der blutige Anfänger, für den er sich ausgegeben hatte, sondern ganz im Gegenteil ein besonders erfahrener Spieler. *Was für ein Schwindler,* dachte Jenny, während sie ihn beim Aufschlag beobachtete. *Warum muss er bloß immer so tun, als hätte er irgendetwas noch nie gemacht?*

»Aus! Das war Aus!«, rief Rick und hörte sich unheimlich verärgert an.

»Nein, das war es nicht«, sagte Cal ganz ruhig. »Der Ball ist innerhalb des Spielfelds aufgekommen.«

»Von wegen! Er war im Aus!«, beharrte Rick hitzig.

Cal seufzte und zuckte mit den Schultern. Dann schlug er noch einmal neu auf. Als Rick den Ball zurückschlug, hätte er Cal beinahe am Kopf getroffen. Cal konnte gerade noch ausweichen und rief überrascht: »He, was soll das?«

»Komm schon, zeig uns, was du kannst!« Rick hielt den Schläger mit seinen großen Händen fest umklammert.

»Rick, beruhige dich wieder. Was ist denn los?«

Aber Rick tat so, als hätte er Claire nicht gehört. Stattdessen forderte er Cal weiter heraus und Jenny dachte: *So habe ich Rick ja noch nie erlebt. Sonst ist er immer so locker und tolerant.*

»Das war Aus!«, schrie er jetzt schon wieder und war ganz rot im Gesicht.

Der Ball war eindeutig noch im Spielfeld, dachte Jenny und überlegte, was Rick hier eigentlich zu beweisen versuchte? Während sie weiterspielten, schienen die beiden Jungen ganz zu vergessen, dass die Mädchen auch noch da waren. Schreiend und fluchend schlugen sie den Ball hin und her. Dabei wurden beide von Ballwechsel zu Ballwechsel ärgerlicher.

»Doppelfehler!«, brüllte Rick.

»Was?«, schrie Cal zurück und warf wütend seinen Schläger übers Netz. Dann stürmte er auf Rick zu. Auch Rick machte einige Schritte nach vorn und ließ den Schläger fallen, als wollte er sich mit Cal prügeln. Aber dann blieb er keuchend am Netz stehen und funkelte ihn nur böse an. Cal war ebenfalls stehen geblieben und bückte sich jetzt nach seinem Schläger.

Jenny dachte unwillkürlich: *Das ist kein Spiel mehr, sondern irgendeine persönliche Sache zwischen den beiden.* Da sagte Claire: »Mir reicht's! Ich hör' auf.« Offensichtlich erstaunt drehte sich Rick zu ihr um und wischte sich mit dem T-Shirt-Vorderteil den Schweiß von der Stirn. »Was ist denn heute mit dir los, Rick? Warum schreist du die ganze Zeit und führst dich so auf?«

»McEnroe hat das früher auch immer gemacht«, antwortete Rick, dessen Laune sich allmählich wieder besserte.

»Ich muss trotzdem nach Hause«, erklärte Claire, und Jenny konnte sich immer noch keinen Reim darauf machen, was sich da zwischen den Jungen abgespielt hatte.

»War nett, euch getroffen zu haben«, sagte Cal.

Claire ging zu Jenny hinüber und musste sich ein wenig bücken, um ihr ins Ohr zu flüstern. »Ich glaube, Rick hat die kleine Show hier für *dich* abgezogen.«

»Was meinst du damit?«

»Rick hat sich deinetwegen wichtig gemacht. Warum sollte er sich sonst so merkwürdig benehmen?«

»Ich weiß auch nicht. Vielleicht sitzen seine Tennishosen zu eng.« Wie gewöhnlich lachte Claire nicht über ihren Scherz. Ihr vom Spiel gerötetes Gesicht blieb nachdenklich. Plötzlich bemerkte Jenny, dass Rick sie anstarrte, als sähe er sie zum ersten Mal. Sein Gesicht war leuchtend rot und das schwarze Haar klebte ihm am Kopf.

»Bis die Tage.« Jenny winkte ihm zu.

»Ja«, rief er. »Komm doch irgendwann mal ins Schuhgeschäft. Ich zeige dir dann, wie man mit einem Schuhlöffel umgeht.«

Jenny lachte, obwohl es ein blöder Witz war, und wartete auf Cal. Gemeinsam gingen sie dann zurück. »Das war vielleicht ein Spiel!«

»Rick hat mich die ganze Zeit auf dem Kieker gehabt und herausgefordert. Ich glaube, da habe ich mich einfach mitreißen lassen.«

»Normalerweise ist er nicht so.« Jenny hakte sich bei Cal unter.

»Ich auch nicht«, entgegnete Cal. »He, ich habe ganz vergessen, dir was zu sagen.« Er war stehen geblieben und sah sie an. »Ich habe einen Ferienjob. Bei Mulligan's. Du weißt schon, die Eisdiele in der Einkaufspassage.«

»Das ist ja großartig!«, rief Jenny. »Lässt du mir was nach, wenn ich eine Riesenportion nehme?«

»Klar!« Cal lächelte. »Du musst mich dort mal besuchen kommen. Wenn du lieb bist, kriegst du die Sahne sogar umsonst.«

»Oh, ich bin bestimmt ganz lieb«, flötete Jenny.

Mittlerweile waren sie an der Bushaltestelle angekommen und Cal reichte ihr seinen Schläger. »Ich kann nicht weiter mitgehen. Ich muss nach Hause. Da kommt auch schon mein Bus.« Er suchte in der Hosentasche nach Kleingeld.

»Bis bald. Heb mir ein paar Bällchen Minzschokolade auf. Das ist meine Lieblingssorte.« Jenny beobachtete noch, wie Cal in den Bus stieg und dachte dabei unwillkürlich daran wie er und Rick sich auf dem Tennisplatz bekriegt hatten. Cal war doch sonst immer so nett, aber bei Rick hatte er eindeutig die Nerven verloren. Unwillkürlich fragte sich Jenny, ob sie überhaupt den richtigen Cal sah, wenn sie zusammen waren, oder ob er ihr dann nur etwas vormachte. Hoffentlich nicht!

Als der Bus losfuhr, winkte sie ihm zum Abschied zu und ging dann langsam nach Hause. Nachdenklich schlenkerte sie die beiden Schläger hin und her und ließ das Spiel noch einmal Revue passieren. Aber irgendwie brachte sie das nur noch mehr durcheinander.

»Das glaube ich einfach nicht!«, rief Mrs. Wexner und schlug sich die Hände vors Gesicht.

Jenny saß auf der Anrichte in der Küche bei den Wexners und hatte Elis Mutter gerade von der toten Tarantel in ihrem Rucksack erzählt. »Wer, außer Eli, sollte sie mir da sonst reingetan haben?«

»Eli macht so etwas nicht! Das ist unmöglich!«, beharrte Mrs. Wexner und stürzte den letzten Schluck Kaffee hinunter. Als sie die Tasse wieder auf die Untertasse stellen wollte, hätte sie sie beinahe fallen lassen. »Warum sollte Eli so etwas tun, Jenny?«

»Um mir einen Streich zu spielen.«

»Aber Eli mag diese schrecklichen Taranteln genauso wie ... wie alles andere, das er besitzt. Ich kann mir nicht vorstellen, dass er eine von ihnen tötet, nur um dir einen blöden Streich zu spielen.« Nervös sah Mrs. Wexner auf ihre Armbanduhr, stand auf und trug Kaffeetasse und Untertasse zur Spüle. Den Toast auf ihrem Teller hatte sie nicht angerührt. »Ich bin spät dran. Aber wir müssen der Sache auf den Grund gehen.«

Sie bedeutete Jenny, ihr zu folgen, und dann eilten die beiden die Treppe hinauf in Elis Zimmer. Er saß vor seinem Computer und hackte irgendetwas in die Tastatur, obwohl er gerade erst aufgestanden war.

»Eli ...«, sagte seine Mutter zaghaft. Er tippte noch ein bisschen weiter und drehte sich dann um. Erst sah er seine Mutter an, dann Jenny. Seinem Gesicht war kaum etwas zu entnehmen, höchstens eine leichte Verärgerung, weil man ihn unterbrochen hatte. »Eli, hast du Jenny einen Streich gespielt?«

»Was?«

»Hast du Jenny eine tote Tarantel in den Rucksack getan?« Mrs. Wexner hatte keine Zeit, noch länger um den heißen Brei herumzureden.

»Meine Taranteln sind doch nicht tot!«, rief Eli bestürzt und warf einen Blick in den Glaskasten, in dem er sie hielt. Dass seine Lieblinge nicht mehr leben könnten, schien ihn sofort aufzuregen.

Mrs. Wexner warf Jenny einen triumphierenden Blick zu, und Jenny sah unverwandt zu Eli hinüber, um festzustellen, ob er nur den Unschuldigen spielte. Schmollend hatte er die Unterlippe vorgeschoben, und seine Mutter sagte beschwichtigend: »Eli, kein Mensch ist böse auf dich. Wir wollen nur wissen, ob du Jenny einen Streich gespielt hast.«

Er schüttelte den Kopf und Jenny dachte: *Mrs. Wexner hat Angst vor ihrem eigenen Sohn.*

»Du hast ihr keine Tarantel gegeben?«

»Das sind *meine* Taranteln! Die bekommt niemand.«

»Aber, Eli, ich habe gestern eine in meinem Rucksack gefunden.« Jenny sprach jetzt genauso leise und einfühlsam wie seine Mutter. »Du bist der einzige Mensch, den ich kenne, der Taranteln hält. Deshalb –«

»Du kannst sie dir gerne ansehen.« Eli sprang auf und ging zum Glaskasten. Jenny und seine Mutter folgten ihm. »Seht doch!« Eli zeigte auf die Spinnen. »Eins, zwei, drei. Sie sind alle noch da.«

Auch Jenny zählte die Spinnen. Tatsächlich! Alle drei waren noch da. Zwei krabbelten übereinander, während die dritte reglos in einer Ecke saß.

»Es tut mir Leid«, sagte Jenny, der das Ganze ziemlich peinlich war.

»Du solltest nicht rumerzählen, dass ich schlimme Sachen mache, wenn es gar nicht so ist«, schimpfte Eli und verschränkte die dünnen Ärmchen vor der Brust.

»Jenny hat sich doch schon entschuldigt«, kam Mrs. Wexner Jenny nun zu Hilfe, warf ihr aber einen misstrauischen Blick zu.

»Es tut mir wirklich Leid.« Jenny beugte sich vor und legte Eli die Hände auf die schmalen Schultern.

Er machte sich sofort von ihr los und sagte schmollend: »Lass mich!« Dann drehte er sich um und wollte schon weggehen, als er plötzlich laut aufschluchzte und in Tränen ausbrach. Jenny war ganz erschrocken. Sie hatte ihn noch nie weinen sehen. Seine Mutter eilte zu ihm, um ihn zu trösten. Aber Eli jammerte weiter, und es hörte sich fast so an, als wäre er noch ein kleines Kind. Er hatte die Augen fest geschlossen und dicke Tränen liefen ihm über die Wangen.

»Eli, es tut mir Leid, ehrlich!«, rief Jenny. Aber er weinte zu laut, um sie zu hören. Mit einem zornigen Schrei löste er sich schließlich aus der Umarmung seiner Mutter und warf sich bäuchlings aufs Bett. Dann weinte er in die Kissen und schlug wütend mit den Fäusten auf die Matratze.

»Wir lassen ihn am besten eine Zeit lang allein«, flüsterte Mrs. Wexner, und Jenny schlich betroffen hinter ihr die Treppe hinunter.

Warum führt sich Eli bloß so auf?, überlegte Jenny gleich darauf. *Ist er wirklich so verletzt, weil ich ihn fälschlich beschuldigt habe? Oder macht er nur ein Riesentrara, um von seiner Schuld abzulenken?* Ein Gedanke jagte den anderen, und schließlich wiederholte sich Jenny immer wieder: *Ich habe mir die Tarantel nicht eingebildet. Ich habe sie mir* nicht *eingebildet!*

»Ich fürchte, heute Morgen hattest du keinen allzu guten Start mit Eli«, sagte Mrs. Wexner kopfschüttelnd, nachdem sie auf die Uhr gesehen hatte. »Aber er kommt schon darüber hinweg. Lass ihn sich einfach ausweinen. Und danach bist du ganz besonders nett zu ihm.«

»Ich fühle mich so schlecht, weil ich –«, setzte Jenny

an, aber Mrs. Wexner unterbrach sie. »Ich bin wirklich schon viel zu spät dran. Ich muss los.« Sie nahm ihre Autoschlüssel von der Konsole an der Haustür.

»Ich glaube, da hat mir wohl jemand anders einen Streich gespielt«, sagte Jenny unsicher. Aber wer? Wer würde so etwas tun? Wer würde sonst noch eine tote Tarantel in ihren Rucksack stecken? Laut sagte sie dann: »Aber wer kommt sonst noch an meine Sachen, ohne dass ich es mitkriege?«

»Viel Glück mit Eli.« Mrs. Wexner hatte Jenny anscheinend gar nicht zugehört. »Sei ein bisschen vorsichtiger mit ihm. Wenn er aufgehört hat zu weinen, musst du besonders nett zu ihm sein«, wies sie Jenny noch einmal an und verschwand durch die rückwärtige Haustür.

Mrs. Wexner ist das alles egal, dachte Jenny bitter, als sie den Motor aufheulen hörte. *Das Einzige, was sie interessiert, ist, Eli ruhig zu halten.* Der Wagen fuhr davon und Jenny dachte: *Es muss einfach ihr Sohn gewesen sein, der mir die Tarantel in den Rucksack gesteckt hat. Und danach hat das kleine Ungeheuer die tote Spinne durch eine neue ersetzt.* Aber das würde sie niemals beweisen können.

Was hätte das auch für einen Sinn? Es wäre nur eine weitere Geschichte, die sie Dr. Schindler erzählen konnte. Noch eine Sache, bei der er dachte, sie hätte sie nur erfunden. *Dr. Schindler hilft mir überhaupt nicht. Ich fühle mich viel unsicherer, was mich oder irgendwelche Sachen angeht, als je zuvor. Ich habe kein bisschen an Selbstbewusstsein gewonnen, seitdem ich bei ihm in Behandlung bin.*

Jenny ließ sich auf die Bank vor der Küchenanrichte fallen und knabberte ein bisschen von Mrs. Wexners kaltem Toast. Es schmeckte wie Pappe und Jenny bekam den Bissen kaum herunter. Und was, wenn sie sich diese Telefonanrufe tatsächlich nur einbildete? Was, wenn sie wirklich langsam durchdrehte?

Jenny schüttelte den Kopf, als könnte sie so die düsteren Gedanken vertreiben. Dann ging sie zur Treppe und horchte. Nichts. Anscheinend hatte Eli aufgehört zu weinen. Jenny lauschte noch einen Moment, bevor sie, zufrieden darüber, dass er sich beruhigt hatte, nach oben rief: »Eli, was willst du frühstücken?«

Keine Antwort.

»Eli?«

»Geh weg!«, schrie er und hörte sich immer noch stinksauer an.

»Eli, du musst doch was frühstücken.« Langsam stieg Jenny die Treppe hinauf.

»Geh weg!«, kreischte er. »Geh weg! Lass mich in Ruhe! Ich will dich nicht sehen! Verstanden?«

Jenny war auf halber Höhe der Treppe, als sie Eli schreien hörte. Dann folgte ein Krachen, als fiele etwas Schweres zu Boden.

»Eli, was war das?«

Keine Antwort.

Die restlichen Stufen flog Jenny regelrecht hinauf und nahm dabei gleich zwei auf einmal. »Eli, ist mit dir alles in Ordnung?«

Keine Antwort.

In seinem Zimmer herrschte das reinste Chaos. Bettlaken und Bettwäsche waren heruntergerissen. Der Schreibtischstuhl lag mitten im Zimmer. Bücher, Papier und Malsachen waren überall verstreut. Und Eli lag ausgestreckt auf dem Teppichboden. Die Augen blickten starr zur Decke, der Kopf schien merkwürdig verdreht, der Mund stand ihm offen. Ein Arm lag unter seinem Körper und sein Kopf in einer dunkelroten Blutlache.

13. Kapitel

»Eli?«, kreischte Jenny verzweifelt und dachte gleichzeitig: *Das passiert mir doch nicht wirklich.*

Der Raum um sie herum begann sich zu drehen, und sie musste sich an der Tür festhalten, um nicht umzukippen. Wie gebannt starrte sie auf die Blutlache, die immer heller zu werden schien, bis sie schließlich regelrecht leuchtete. Jenny sah weg, dann wieder hin. Die Blutlache hatte wieder die weinrote Farbe.

»Eli?« Jenny rannte zu ihm, kniete sich neben ihn und hob seinen Kopf hoch. »Eli?« Mit glasigen Augen sah er ins Leere, und Jenny rief verzweifelt: »Was hast du getan? Wie konnte das passieren?«

»Keine Ahnung«, sagte er da, und Jenny ließ schreiend seinen Kopf los. Eli lachte nur und setzte sich auf.

»Eli ...« Jenny war vor Aufregung ganz schlecht geworden und hatte das Gefühl, sich jeden Augenblick übergeben zu müssen. Eli nahm die vermeintliche Blutlache vom Boden, bei der es sich in Wirklichkeit um einen Scherzartikel handelte – rote Plastikfolie, – und warf sie auf Jenny. Dann lachte er hysterisch und schlug mit den Händen auf den Teppich.

»Warum hast du das getan?«, kreischte Jenny, während sie Wut in sich aufsteigen spürte. Sie war kurz davor, die Kontrolle über sich zu verlieren. »Wie konntest du mir einen solchen Schrecken einjagen?«

»Das war ganz leicht«, sagte Eli und hörte auf zu lachen. Ein breites, zufriedenes Grinsen konnte er sich allerdings nicht verkneifen.

»Wusstest du denn nicht, wie sehr ich mich darüber erschrecken würde?«

»Doch.«

Dieses Grinsen ... Jenny hätte es ihm am liebsten vom Gesicht gewischt. Sie wollte ihn schlagen, ihn zum Weinen bringen, wollte, dass er *blutete.* Sie *hasste* ihn! Nein. *Reiß dich zusammen, Jenny! Beruhig dich. Beruhig dich einfach. Er ist noch ein kleiner Junge. Er ist erst zehn und sehr verstört. Ruhig Blut, ruhig Blut, ruhig Blut.* Aber egal wie oft sich Jenny das sagte, es gelang ihr nicht, sich zu beruhigen.

»He, du hast das Ganze selbst provoziert«, sagte Eli jetzt und zog sie am Ärmel.

»Das habe ich nicht, Eli. Das habe ich überhaupt nicht.«

Sein Grinsen wich einem enttäuschten Gesichtsausdruck. »Doch! Du hast gesagt, ich hätte dir einen Streich gespielt, aber da hast du dich geirrt. Deshalb habe ich dir jetzt wirklich einen Streich gespielt.«

»Aber das war ein ganz *furchtbarer* Streich. Du hast mich zu Tode erschreckt.«

Er lachte und hielt immer noch ihren Ärmel fest. »Dann war es also ein *gelungener* Streich.«

»Tu das bloß nicht noch einmal«, schimpfte Jenny. »Weder bei mir noch bei jemand anderem.«

Eli nahm die rote Plastikfolie vom Boden und wickelte sie auf. »Ich habe Hunger«, sagte er dann. »Ich will Frühstück«, und Jenny dachte: *Es tut ihm überhaupt nicht Leid. Eigentlich ist er so fröhlich wie noch nie.*

»Dann komm mit runter«, sagte sie schließlich, als sie sich wieder stark genug fühlte, um aufzustehen.

Er ging ihr voran aus dem Zimmer und hüpfte dann ausgelassen die Treppe hinunter. Jenny blieb an der Tür noch einmal stehen und sah sich zum Tarantelkäfig um. Alle drei Spinnen krabbelten übereinander, als versuchten sie, gemeinsam zu entkommen.

Um halb fünf klingelte das Telefon und unterbrach ihr Monopoly-Spiel. »Geh nicht ran«, sagte Eli, während er sich seine Straßen ansah.

»Ich muss«, entgegnete Jenny und stand vom Wohnzimmerboden auf. »Es ist vielleicht deine Mom oder dein Dad. Du weißt doch, dass sie heute erst ganz spät nach Hause kommen.«

»Bleibst du bei mir?« Eli sah richtig ängstlich aus.

»Natürlich. Ich würde dich hier doch nicht allein lassen.« Sie eilte zum Telefon, das schon dreimal geklingelt hatte, und nahm den Hörer ab. Eli hatte sich den ganzen Tag irgendwie unsicher verhalten und an ihr geklebt wie eine Klette und sie natürlich auch keine Sekunde aus den Augen gelassen. »Hallo?« Als jemand am anderen Ende der Leitung laut atmete, stieg ihr die nackte Angst den Rücken hinauf. »Hallo?«

»Hallo, Jenny? Jenny, ich bin's.«

Jenny erkannte die Stimme nicht und ihr war die Kehle vor Schreck wie zugeschnürt. Da wurde ihr bewusst, dass die Angst immer direkt unter der Oberfläche schwelte, bereit, sich ihrer bei der kleinsten Gelegenheit zu bemächtigen.

»Ich bin's, Chuck«, sagte da die Stimme.

Jenny spürte, wie ihre Angst sich in Zorn verwandelte und sie fragte aufgebracht: »Was willst du, Chuck?«

Erstaunt über ihren rüden Ton, sah Eli zu ihr auf.

»Jenny, ich –«

»Du hast mich verletzt, Chuck«, unterbrach sie ihn, und die schmerzliche Erinnerung daran steigerte ihre Verärgerung nur noch.

»Ich … Hör doch, bitte … Ich weiß. Trotzdem muss ich unbedingt mit dir reden.« Seine Stimme bebte.

Aber das war Jenny egal. »Chuck, verfolgst du mich etwa?«

Keine Antwort.

»Also, was jetzt? Hast du mir hinterherspioniert?«

Immer noch keine Antwort.

»Du hast mich aufs Pflaster geschubst. Das hat sauwehgetan, Chuck.«

»Ich weiß. Ich wollte nur …«

»Hör auf, mich anzurufen!« Jenny schrie jetzt und regte damit wahrscheinlich Eli auf. Aber auch das war ihr egal. Sie konnte einfach nicht anders. »Es ist mein Ernst, hör auf, mir hinterherzuspionieren und mich anzurufen.«

»Jetzt warte doch mal eine Minute, Jenny …«

»Ruf mich nie wieder an.« Sie knallte den Hörer auf. Mit dem Rücken zu Eli versuchte sie, sich zu beruhigen, indem sie tief ein- und ausatmete und darauf wartete, dass sich ihr Herzschlag wieder normalisierte. *Ich hätte nicht so brüllen sollen,* dachte sie dabei. *Ich will Eli nicht aufregen. Er hat sich schon den ganzen Tag so merkwürdig und unsicher verhalten. Er ist ein sonderbares Kind. Manchmal ist er so kühl, scheint über alles erhaben und irgendwie so erwachsen. Und heute benimmt er sich wie ein Baby.*

Dann drehte sie sich um, darauf gefasst, dass er sie verwirrt und ängstlich ausfragen würde. Überrascht musste sie allerdings feststellen, dass er lächelte. »Du bist auf der Parkstraße gelandet«, sagte er. »Ich bekomme Geld von dir.«

Der Rest des Tages verlief ohne weitere Zwischenfälle. Zum Abendessen schob Jenny Tiefkühlpizza in den

Ofen. Ganz hungrig aß Eli zwei Stück, obwohl er sich darüber beschwerte, dass die Pizza zu »tomatig« schmeckte. Dann rannte er hinauf in sein Zimmer, um an seinem Rechner zu arbeiten.

Jenny saß auf dem Sofa am Wohnzimmerfenster und blickte auf den Vorgarten, während der Abendhimmel von Rosa in Grau überging und schließlich ganz schwarz wurde. Die Dunkelheit schien Jennys Ängste wieder zu beleben – lockte sie sozusagen aus ihrem Versteck – und ließ sie ihre Gedanken beherrschen. Während Jenny aus dem Fenster starrte, klang ihr das Furcht erregende Flüstern in den Ohren. *»Ich bin wieder da und leiste dir bald Gesellschaft.«*

Wer konnte das bloß sein? Wer versuchte da, sie zu terrorisieren? Wer kannte exakt diesen Wortlaut, der sie letzten Herbst schon einmal in Angst und Schrecken versetzt hatte? Chuck! Chuck kannte die ganze Geschichte, und natürlich Mr. Hagen. Der verrückte Mr. Hagen. Der *tote* Mr. Hagen.

Entschlossen, diese Gedanken zu vertreiben und die Angst zurück in ihr Versteck zu zwingen, stand Jenny auf. In diesem Augenblick klopfte es an der Haustür. Es war ein lautes, kräftiges Klopfen, das Jenny erschreckt aufschreien ließ. Es klopfte wieder. Diesmal noch lauter. Jenny trat in den Flur. »Wer ist da?«, fragte sie, unfähig, ihre Stimme ruhig zu halten.

14. Kapitel

»Wir sind's!«

Jenny zog die Haustür auf.

»Hallo, Jenny.«

Wie gebannt sah sie Rick und Claire an, beinahe so, als würde sie sie nicht wiedererkennen. »Was macht ihr denn hier?«

»Das ist vielleicht eine Begrüßung!«, maulte Rick und ging an ihr vorbei in den Flur.

Claire hielte Jenny eine Tüte Schokolinsen hin und ließ einige davon in ihre Hand fallen. »Deine Mom hat uns erzählt, dass du hier bist.« Dann ging sie ebenfalls ins Haus.

»He, nicht schlecht!«, rief Rick, der gerade das Wohnzimmer bewunderte.

»Wie geht's mit Eli?«, nuschelte Claire, den Mund voller Schokolinsen.

»Ganz gut«, sagte Jenny vage. »Wir hatten heute Morgen eine blöde Auseinandersetzung, aber –«

»Wo ist denn der kleine Spasti?« Rick sah sich im Wohnzimmer um.

»Nenn ihn bloß nicht so, wenn er dabei ist!« Jenny war plötzlich klar geworden, dass sie genauso viel Angst vor Eli hatte wie seine Eltern.

»Ich mag kleine Spastis«, sagte Rick und grinste schief. »Ich war selbst mal einer.«

»Und was bist du *jetzt?*« Rick sah beleidigt drein und ließ sich auf die Couch fallen, aber die Gelegenheit hatte sich Jenny nicht entgehen lassen können.

»Ich hoffe, es macht dir nichts aus, dass wir hergekommen sind.« Claire kratzte sich an einer Schramme am Knie. »Wir dachten, du hättest vielleicht gerne ein bisschen Gesellschaft.«

»Nun, um ehrlich zu sein, weiß ich nicht, ob das eine gute Idee ist«, sagte Jenny und sah die Treppe hinauf, an der Eli urplötzlich auftauchte.

»Da ist er ja!«, rief Rick und lachte aus einem unerfindlichen Grund. »Hallo, Kumpel. Ich bin Rick.«

Eli ignorierte ihn und fragte Jenny: »Was machen die hier?«

»Das sind meine Freunde. Komm runter und sag ihnen hallo.«

»Ich will nicht«, erklärte Eli kopfschüttelnd.

»Dann bleib eben oben und sag von da aus hallo. Das ist Claire und das Rick.«

»Aber was *machen* die hier?«, wiederholte sich Eli.

»Möchtest du was Süßes?« Claire hielt die Tüte Schokolinsen hoch.

»Ich will nicht, dass sie hier sind, Jenny.«

»Eli, das ist aber gar nicht nett von dir«, sagte Jenny ungeduldig. »Die beiden sind doch meine Freunde.«

»Das ist mir egal. Ich will nicht, dass sie hier sind.«

»Wir bleiben doch nur ein bisschen«, meinte Claire jetzt und sah zu Jenny hinüber.

»Hartnäckiger kleiner Blindgänger«, murmelte Rick und drückte aufs Polster des Sofas, als wollte er es ausprobieren.

»Das ist *mein* Haus«, sagte Eli.

»Sind meine Freunde denn bei dir nicht willkommen?« Jenny klang schriller als beabsichtigt, aber Eli antwortete nicht.

»Bist du sicher, dass du keine Schokolinsen willst?« Claire hielt ihm noch einmal die Tüte hin.

»Weiß nich'!« Eli hörte sich schon nicht mehr ganz so abweisend an.

»Ich bring' sie dir rauf.« Claire lächelte zu ihm hoch und ging einige Treppenstufen hinauf. »Zeigst du mir dein Zimmer? Jenny hat mir erzählt, dass du da ganz viele tolle Sachen hast.«

»Kann schon sein.« Eli zuckte mit den Schultern, und Jenny dachte: *So wie es aussieht, zieht Claire ihn auf ihre Seite.*

»Magst du Pokémons?«, rief Rick nach oben, aber Eli ignorierte ihn weiter. Claire war gerade bei dem Jungen angekommen und schüttete ihm Schokolinsen in die aufgehaltenen Hände. Dann verschwanden sie beide in seinem Zimmer.

»Ich glaube der Spasti hört schlecht, oder so was«, maulte Rick.

»Ich glaube, dass er dich einfach nur ignoriert hat.« Jenny lachte und setzte sich im Schneidersitz aufs andere Ende der Couch.

»Kids sind normalerweise total verrückt nach mir.« Rick strich sich die dunklen Locken zurück. Die turnen sonst die ganze Zeit auf mir rum.«

»Eli ist nicht wie andere Kinder.«

»Wenn ich jemals so etwas zu unserem Besuch gesagt hätte, hätten mir meine Eltern ganz schön was erzählt.«

»Ich glaube nicht, dass Eli oft bestraft wird«, flüsterte Jenny, damit es Eli auch bestimmt nicht mitbekam. »Ich glaube auch nicht, dass er allzu gut darauf reagieren würde. Er ist ziemlich überempfindlich. Er hat einen IQ von 200, oder so was.«

»Unglaublich«, sagte Rick. Dann beugte er sich plötzlich zu Jenny hinüber und nahm ihre Hand. »He, die ist ja ganz kalt.«

»Tatsächlich? Habe ich gar nicht bemerkt.« Jenny fühlte sich unbehaglich. Jetzt fing Rick auch noch an, ihre Hand zu reiben, als wollte er sie aufwärmen. Dann rutschte er ganz zu ihr hinüber, legte ihr den Arm um die Schultern und zog sie an sich. Jenny war so überrascht, dass sie erst gar nicht darauf reagierte. Was war denn plötzlich mit Rick los? Er hatte vorher nie durchblicken lassen, dass er sich für sie interessierte – von ihrer Freundschaft einmal abgesehen. Sein großer Arm lastete schwer auf ihren schmalen Schultern. Nun beugte er sich zu ihr hinunter, als wollte er sie küssen.

»Rick ... jetzt hör mal!« Jenny versuchte, sich loszumachen, aber er drückte sie gegen die Rückenlehne. »Lass das!« Sofort zog er den Arm weg und Jenny sprang auf und fragte eher verwundert als verärgert: »Was ist denn los?«

Rick zuckte mit den Schultern. »Ich hab' nur 'nen Scherz gemacht.« Er war allerdings knallrot angelaufen, und sein verletzter Gesichtsausdruck bewies zusätzlich, dass ihm die Sache wichtiger war, als er zugeben wollte.

»Du, Claire und ich sind doch Freundinnen ...«, fing Jenny an.

»Vergiss es!«, entgegnete Rick nach wie vor mit puterrotem Gesicht. »Vergiss es einfach.«

Jenny hatte ihm nicht wehtun wollen, wusste aber auch nicht, wie sie sich sonst hätte verhalten sollen. Sie war sehr durcheinander. Rick sah finster drein und starrte aus dem Fenster. Jenny wollte gerade etwas sagen, aber da hörten sie, wie oben sehr laut gesprochen wurde. »Nein, das kannst du nicht!«, kreischte Eli. »Ich habe *nein* gesagt!« Claire und Eli schienen sich irgendwie zu streiten.

»Was ist denn da los?«, fragte Jenny und sah Rick an.

»Woher soll ich wissen, was der kleine Spasti schon wieder hat?« Rick wich Jennys Blick aus.

Sie wollte gerade zur Treppe laufen und hatte das Wohnzimmer bereits zur Hälfte durchquert, als sie Claire schreien hörte. Dann fiel jemand die steile Treppe hinunter. *Poch, poch, poch.*

»O nein!«, schrie Jenny. »Eli!«

Aber ihrem Schützling war nichts passiert. Als Jenny im Flur ankam, sah sie gerade noch, wie Claire mit dem Kopf auf die unterste Treppenstufe aufschlug und dann auf dem Rücken davor liegen blieb. Den Kopf hatte sie in einem merkwürdigen Winkel zur Seite geneigt, die Augen weit geöffnet, und auf ihrem Gesicht zeichnete sich Panik ab.

»Claire, ist mit dir alles in Ordnung?« Aber Claire antwortete nicht.

»Claire? Claire?«, schrie Jenny aufgelöst.

»Wie ist sie denn da runtergefallen?« Rick stand mittlerweile hinter ihr.

»Ich weiß auch nicht.« Jenny beugte sich über ihre reglose Freundin und packte sie bei den Schultern. »Claire, ist mit dir alles in Ordnung? Kannst du mich hören?«

Aber Claire rührte sich nicht.

»Sie ist bewusstlos.« Auch Rick hatte sich hingekniet.

»Mit offenen Augen?«

»Dann eben total weggetreten!«

»Claire?« Jenny versuchte, ihre Freundin zu irgendeiner Regung zu veranlassen, als sie sich plötzlich an Eli erinnerte.

Sie sah die Treppe hinauf, und da stand er. Jenny

stockte der Atem, als sie feststellte, dass er grinste. Er hatte sich gegen das Geländer gelehnt und sah zu ihnen hinunter. Seine Augen glitzerten fröhlich im gelben Flurlicht.

15. Kapitel

»Er stand oben an der Treppe und grinste uns einfach an. Er hat das Ganze genossen. Ich glaube wirklich, dass es ihm gefallen hat, Dr. Schindler.« Jenny setzte sich auf und blieb stocksteif auf der Couch sitzen. Sie war viel zu aufgewühlt, um sich wieder hinzulegen.

»Manchmal lachen Menschen, wenn sie nervös sind oder Angst haben«, erklärte Dr. Schindler nachdenklich, während er am Radiergummiende seines gelben Bleistifts kaute.

»Wie meinen Sie das?«, fragte Jenny.

»Ich will damit sagen, dass Eli vielleicht Angst gehabt hat. Vielleicht war ihm nicht bewusst, dass er grinste. Es ist normal, dass Leute in Stresssituationen die Kontrolle über ihre Gesichtszüge verlieren.«

»Eli sah mir nicht besonders gestresst aus«, beharrte Jenny. »Da war Claire und lag bewusstlos am Boden, und oben an der Treppe stand Eli und grinste zu uns hinunter, als wäre das Ganze irgendein Superwitz. Oder eine Szene aus einem dieser blutrünstigen Filme, die er sich so gerne ansieht.«

»Erzähl weiter«, sagte Dr. Schindler und legte den Bleistift hin. »Was ist dann passiert? Hast du einen Krankenwagen gerufen?«

»Ja, ich habe die Notrufnummer gewählt, und die Polizei hat den Rettungsdienst verständigt. Die Sanitäter waren ziemlich schnell da. Wie lange es genau gedauert hat, weiß ich nicht. Aber Claire ist zu sich gekommen, bevor sie da waren.«

»War mit ihr alles in Ordnung?«, fragte der Psychiater.

»Ja, so ziemlich.« Nervös schob Jenny den Ärmel ihres T-Shirts rauf und runter. »Der Hinterkopf tat ihr weh. Als sie gefallen ist, hat sie ihn sich ganz schön angestoßen. Und sie hatte eine Muskelzerrung in der Schulter. Das haben sie im Krankenhaus festgestellt. Aber davon abgesehen war Claire in Ordnung. Ich meine, sie hat sich noch eine Weile ziemlich matschig gefühlt, aber es ging ihr gut.«

»Und wie ist der Unfall passiert?«

»Ich bin nicht sicher, ob es überhaupt ein Unfall war.« Jenny sah den Arzt an, um festzustellen, wie er darauf reagierte. Aber er blickte genauso ausdruckslos drein wie immer und wartete darauf, dass Jenny fortfuhr.

»Ich meine, Eli hat gesagt, es wäre ein Unfall gewesen. Er behauptete, Claire wäre aus seinem Zimmer gerannt, ausgerutscht und die Treppe hinuntergefallen.« Jenny hatte immer noch Elis fröhliches Grinsen vor Augen. »Aber nachdem Claire aus dem Krankenhaus kam, habe ich mit ihr gesprochen. Sie sagte, sie sei der Meinung, dass sie geschubst wurde.«

»Von Eli?«, fragte der Arzt und lehnte sich in seinem Stuhl zurück.

»Ja, aber es ist alles so schnell gegangen. Claire glaubt auf jeden Fall, dass Eli sie die Treppe hinuntergestoßen hat.«

»Aber sie ist sich nicht sicher?«

»Nein.« Jenny schüttelte den Kopf. »Doch wenn Eli sie nicht geschubst hat, warum hätte er dann so grinsen sollen?«

»Was glaubst du denn, warum?«, fragte Dr. Schindler.

»Ich weiß es nicht.«

»Glaubst du, Eli hat deine Freundin die Treppe hinuntergestoßen, Jenny?«

»Ich kann es nicht sagen. Ich weiß überhaupt nicht mehr, was ich denken soll, Dr. Schindler.«

»Glaubst du, dieser Zehnjährige würde absichtlich jemandem wehtun, vielleicht sogar töten?«

»Ich ... Ich weiß es nicht.«

»Bist du der Meinung, Eli ist *böse?«*

Jenny dachte lange darüber nach. »Vielleicht ...«, sagte sie schließlich.

»Wie geht's deiner Freundin?«, fragte Mr. Wexner, während er sich vor dem Spiegel im Flur mit seiner Krawatte abmühte.

»Es geht ihr gut.« Jenny stellte ihren Rucksack an die Garderobe. Sie trug Capri-Hosen und eine rotweiß karierte ärmellose Wickelbluse. »Da draußen ist es brütend heiß«, sagte sie, um das Thema zu wechseln.

Jetzt drehte sich Mr. Wexner zu ihr um. »Wir wussten gar nicht, dass du vorhattest, Freunde hierher einzuladen.« Er versuchte es locker zu sagen, aber es war eindeutig, dass sich dahinter ein Vorwurf verbarg.

»Das hatte ich auch nicht geplant. Sie haben mich überrascht«, verteidigte sich Jenny und fügte dann hinzu: »Es kommt nicht wieder vor.« Insgeheim dachte sie: *Vor allem, da Ihr Sohn ein durchgeknallter* Killer *ist.* Sie wusste, dass sie damit übertrieb, aber diesen Gedanken wurde sie einfach nicht wieder los. Ob sie Eli überhaupt jemals wieder würde ansehen können, ohne daran zu denken, wie er auf die arme, bewusstlose Claire hinuntergegrinst hatte?

»Eli war ganz schön aufgeregt über das, was passiert ist.« Mr. Wexner löste den schiefen Krawattenknoten wieder und fing noch einmal von vorn an. »Er hat nichts gesagt, aber ...«

In diesem Augenblick kam Eli in den Flur gestürmt, lief auf Jenny zu und hätte sie beinahe umgerissen. Dann schlang er ihr die Arme um die Taille.

»Eli –«, setzte sein Vater überrascht an, aber Eli drückte Jenny einfach nur weiter an sich, wobei er sein Gesicht an ihren Bauch schmiegte. Zärtlich tätschelte Jenny ihm den Kopf. Die schrecklichen Gedanken, die sie sich über ihn gemacht hatte, begannen sich aufzulösen.

Er ist nur ein kleiner Junge. Ein verwirrter und verzogener kleiner Junge. Wie konnte ich nur auf die Idee kommen, er sei irgendein böses Ungeheuer?

»Ich möchte dir einen Kuss geben«, sagte Eli, und Jenny beugte sich zu ihm hinunter. Dann ließ er von ihr ab und rannte ohne ein weiteres Wort hinauf in sein Zimmer.

»Eli mag Jenny wirklich«, erklärte Mr. Wexner, als seine Frau in den Flur kam.

»Wirklich?« Elis Mutter konnte ihre Überraschung nicht verbergen.

»Ich habe noch nie gesehen, dass er mit jemandem so schmust«, sagte Mr. Wexner und fügte dann rasch hinzu: »Mit jemandem, der nicht zur Familie gehört, meine ich.«

»Er ist ganz süß.« Jenny konnte immer noch fühlen, wo Elis warme Lippen sie berührt hatten.

»Ist er das?«, rief Mrs. Wexner und sah Jenny erstaunt an. »Reden wir von Eli?«

Mr. Wexner lachte. »Du hättest ihn sehen sollen, Rena. Das war vielleicht eine Schau! Anscheinend ist er total verrückt nach Jenny.«

Da kam Jenny ein Gedanke: Womöglich war Eli nur so anhänglich, weil er sich wegen des gestrigen Abends schuldig fühlte. Aber dann schalt sie sich, immer so misstrauisch zu sein. Vielleicht mochte er sie ja wirklich.

Wenige Minuten später verließen die Wexners das Haus. Jenny ging zum Fuß der Treppe und dachte unwillkürlich: *Hier hat Claire gestern Abend so leblos gelegen.* Dann rief sie zu Eli hinauf: »Was machst du da oben?«

»Nichts!« Es hörte sich an, als sei Eli irgendwo ganz hinten in seinem Zimmer.

»Willst du was spielen oder ein Video gucken?«

»Nein«, antwortete Eli kurz angebunden. »Ich bin beschäftigt.«

Wahrscheinlich tippt er wieder irgendwas in seinen Computer, dachte Jenny, nahm ein Buch aus ihrem Rucksack und ließ sich aufs Sofa fallen. Draußen nieselte es. Der Himmel war dunkler als sonst, und der von heftigen Böen verwehte Wind peitschte den Nieselregen hin und wieder gegen das Fenster. Jenny las und lauschte dem Regen, der gegen die Scheibe fiel. *Sturmhöhe* von Emily Brontë war eines der Bücher, das sie sich als Sommerlektüre ausgesucht hatte. Jenny fand es unheimlich romantisch und wünschte, damals gelebt zu haben. Wie schön wäre es, Hand in Hand mit einem gut aussehenden, für die Jagd gekleideten jungen Mann durch die englische Heide zu schlendern – zumindest wenn gerade kein Nebel darüberlag ...

Als ihr plötzlich bewusst wurde, dass sie schon lange nichts mehr von Eli gehört hatte, klappte sie das Buch zu und ging zur Treppe, um nach dem Rechten zu sehen. Genau in dem Augenblick, als sie am Telefon vorbeikam, klingelte es. Erschrocken nahm sie ab.

»Hallo?«

»Hallo, Süße. Bist du ganz allein?«

Die Flüsterstimme!, dachte Jenny und schrie ärgerlich: »He, was soll das?«

»Ich leiste dir bald Gesellschaft.«

Mit klopfendem Herzen knallte Jenny den Hörer auf die Gabel. Dann presste sie die Stirn gegen die Wand und schloss ganz fest die Augen. Wer war das? Wer tat ihr das an? Tote standen nicht einfach wieder auf, verdammt noch mal!

Jenny zwang sich, nicht in Panik zu geraten und erinnerte sich daran, dass sie gerade zu Eli hatte hinaufgehen wollen. Was machte er da oben überhaupt? Warum war er so still?

Sie versuchte, die raue Flüsterstimme aus ihren Gedanken zu vertreiben und nicht an den Furcht einflößenden Anruf zu denken. Nachdem sie oben angekommen war, ging sie einige Schritte auf Elis Zimmer zu, blieb stehen und ... lauschte. Sie hörte eine Stimme. Sie kam aus Elis Zimmer. Aber das war nicht Eli. Da war jemand in seinem Zimmer und sprach sehr schnell mit leiser Flüsterstimme. Mit rauer Flüsterstimme.

Jenny wurden die Knie weich und sie musste sich an der Wand abstützen. Plötzlich drehte sich alles um sie. Der Boden schien sich zu wellen und dann auf sie zuzuschweben. Jenny rang nach Luft. Die Angst schnürte ihr die Kehle zu und schien sie gegen die Wand zu drücken.

Er ist da! Der Flüsterer. *Er ist in ... in Elis Zimmer!*

16. Kapitel

Was hatte er mit Eli gemacht? War Eli okay?

Jenny wagte nicht zu atmen. Mit dem Rücken immer noch an der Wand, bewegte sie sich langsam auf Elis Zimmer zu. Sie konnte die raue Flüsterstimme hören, aber keine einzelnen Worte unterscheiden. *Er ist am Telefon,* ging ihr da auf. Er flüsterte nicht mit Eli, sondern mit jemand anders.

Hinter der geöffneten Tür blieb Jenny stehen. Grelles Licht fiel in den Flur. Sie hörte nun, wie die Stimme stockend etwas ins Telefon raunte. Wer war das? Wie war er ins Haus gekommen? Und wo war Eli? Sie musste es unbedingt herausfinden.

Plötzlich mutig geworden, fasste Jenny nach dem Türblatt, beugte sich vor und spähte ins Zimmer. Eli saß an seiner Arbeitsplatte und hatte ihr den Rücken zugekehrt. Er hielt sich den Hörer des selbst gebauten Telefons ans Ohr und flüsterte mit rauer, verstellter Stimme etwas hinein.

»Eli!«, kreischte Jenny. Er legte sofort auf und wirbelte herum. Zuerst sah er ganz überrascht aus, dann lief er schuldbewusst rot an.

»Eli!« Jenny sah sich panisch um, um sicher zu gehen, dass nicht noch jemand im Zimmer war. Nein, Eli war allein.

»Du hast mich erschreckt!«, schrie er, und seine Unterlippe zitterte.

»Was hast du denn da gemacht?«, wollte Jenny wissen.

Er gab keine Antwort. »Du hast mich erschreckt«, wiederholte er sich, diesmal ein wenig ruhiger. Dabei wich er ihrem anklagenden Blick aus.

»Beantworte meine Frage, Eli. Was hast du da gemacht?«

»Nichts«, verteidigte er sich. »Gespielt.«

»Eli, ich hab' doch gesehen, dass du telefoniert hast.«

»Na und? Es ist *mein* Telefon.«

»Mit wem hast du gesprochen?« Jenny ging auf ihn zu und blieb direkt vor ihm stehen. »Mit wem?«

»Warum bist du denn so sauer?«, fragte er ganz kleinlaut. »Ich habe nur jemandem einen Streich gespielt.«

»Einen Streich?«

»Ja, du weißt schon: Leute anrufen und witzige Sachen sagen.«

»Hast du ins Telefon geflüstert?« Eli sah weg, und Jenny wiederholte die Frage. Diesmal würde sie ihn nicht vom Haken lassen.

»Ich habe einfach nur lustige Sachen gesagt. Das ist alles.« Mittlerweile klang er ungeduldig und gereizt.

»Wen hast du angerufen?« Jenny legte Eli fest die Hände auf die schmalen Schultern.

»Kinder von der Schule«, sagte er achselzuckend. »Nur Kinder, die ich kenne.«

»Hast du mich auch angerufen?«

Eli sah sie an, als überlegte er noch, was sie hören wollte.

»Ja oder nein?« Jenny verstärkte den Griff um seine Schultern. »Eli, hast du mich angerufen?«

»Ja«, erwiderte er schließlich.

Jenny atmete tief durch. War das denn die Möglichkeit? Hatte dieser unschuldig aussehende zehnjährige

Junge tatsächlich etwas mit den schrecklichen Telefonanrufen zu tun? Steckte er dahinter?

»Weißt du das denn nicht mehr?«, fragte Eli jetzt. »Ich habe mich doch spät nachts einmal bei dir gemeldet. Du warst die Erste, die ich mit meinem Telefon angerufen habe.«

»Was?« Da hatte sie wohl zu viel in seine Antwort hineininterpretiert. »Was war mit heute Abend, Eli? Hast du mich vor ein paar Minuten angerufen?«

Entgeistert sah er sie an. »Ich hab' dir doch gerade erklärt, dass ich nur Leute angerufen habe.«

Sie erwiderte seinen Blick, hätte aber nicht sagen können, ob Eli ihr die Wahrheit erzählte. Plötzlich streckte er die Arme aus und drückte Jenny wieder an sich, dabei schlang er seine dünnen Ärmchen um ihre Taille. So hielt er Jenny eine ganze Weile fest. Jenny konnte sein Gesicht nicht sehen. Aber sie legte ihm zärtlich eine Hand auf die Schulter und überlegte, ob sie ihn nun fälschlicherweise beschuldigt hatte oder nicht.

Nach einiger Zeit ließ Eli sie los und setzte sich hinter seinen Schreibtisch. Mit einem merkwürdigen Lächeln sah er zu ihr auf. Dabei wurde sein Gesicht vom gelben Licht der Schreibtischlampe beschienen und wirkte blass und geisterhaft. »Jenny, erzähl mir von deinem anderen Babysitter-Job.«

Als Jenny den Parkplatz des Walker-Mall-Einkaufszentrums erreichte, hatte es gerade aufgehört zu regnen. Wagen um Wagen kam ihr entgegen, deren blasses Scheinwerferlicht in der feuchten Abendluft zu verdampfen schien. Einen Augenblick lang stellte sich Jenny den Parkplatz als großen dunklen Ozean vor, in dem sie versuchte, gegen die Flut anzuschwimmen.

In Wirklichkeit fuhr sie an den schließenden Geschäften vorbei, und die Reifen ihres Wagens verdrängten das Wasser in den Pfützen, die sich zu beiden Seiten des Fahrstreifens gebildet hatten. Als sie bei Mulligan's vorbeikam, verlangsamte sie die Geschwindigkeit. Die letzten Kunden kamen gerade mit Eiswaffeln heraus, aber Jenny konnte nicht sehen, ob Cal noch in der Eisdiele war. Als die Lichter gedimmt wurden, trat sie aufs Gaspedal und fuhr zu der Stelle, an der sie sich mit ihm treffen wollte.

Woran erinnern mich bloß die großen grünen Altkleiderbehälter?, überlegte Jenny, bevor sie den Wagen parkte. Dann machte sie die Scheinwerfer aus und kurbelte das Fenster herunter. Was für ein nebliger Abend! Eine richtige Waschküche! Die Luft fühlte sich ganz feucht an. Schwitzend öffnete Jenny die Tür und stieg aus. Nur noch hier und da stand ein Wagen auf dem riesigen Parkplatz. Wahrscheinlich gehörten sie Angestellten. Plötzlich fröstelte es Jenny, trotz der feuchtwarmen Nachtluft.

Warum kam ihr das alles nur so bekannt vor?

Die letzten Lichter des Einkaufszentrums schimmerten über dem großen dunklen Parkplatz, und es sah tatsächlich aus, als würden um sie herum Wellen schwappen so weit das Auge reichte. Noch mehr Geschäfte wurden dunkel, und der Autostrom, der anfänglich den Parkplatz verlassen hatte, tröpfelte nur noch vor sich hin.

Jenny ging zwischen ihrem Wagen und den grünen Altkleidercontainern auf und ab. Sie war nervös, ohne zu wissen, wieso. *Warum wollte sich Cal mit mir bloß an einem so verlassenen Ort treffen?*, überlegte sie, während sie den Blick über den leeren Parkplatz schweifen ließ. *Ich hätte mich mit Cal an der Eisdiele treffen sollen. Ich könnte jetzt eine Tüte Eis vertragen. Oder vielleicht sogar einen Becher.* Jenny strich sich das feuchte Haar zurück. *Ich sehe bestimmt unmöglich aus.*

Wo blieb Cal nur? Wahrscheinlich musste er noch sauber machen, nachdem die Eisdiele geschlossen hatte. Weitere Ladenlichter gingen aus. Die vermeintlichen Wellen auf dem Parkplatz schienen die Richtung zu wechseln, sobald sich die Beleuchtung änderte.

»Cal, wo bist du?«, rief Jenny jetzt laut, als sie Schritte hörte. Da lief jemand platschend durch die Pfützen und dann über den feuchten Asphalt. Unwillkürlich dachte Jenny: *Er rennt auf mich zu!* Und in diesem Augenblick kehrte der Traum zurück. Plötzlich erinnerte sie sich an alles. Wie sie in der dunklen Ecke des Parkplatzes gewartet hatte und unter dem gelben Licht der Straßenlaterne auf und ab gegangen war und in die Dunkelheit gespäht hatte.

Jetzt hatte sie auch wieder die Hand vor Augen, die aus dem Altkleidercontainer hervorgesehen hatte, und die Gestalt, die daraus hervorgekrabbelt und auf sie zu gewankt war. Die stinkende, verweste Gestalt Mr. Hagens, der von den Toten auferstanden war, um sich an ihr zu rächen.

Alles war plötzlich wieder da. Genau wie in ihrem Traum. Jenny spürte auch die Angst. Lähmende Angst. Da stand sie nun wieder auf dem gleichen Parkplatz, auf dem gleichen Fleck. Im gleichen Traum. Und die Schritte wurden immer lauter. Und schneller. *Wach auf, Jenny! Er hat es auf dich abgesehen. Wach auf! Wach auf! Wach auf!*

Nur, dass es diesmal kein Traum war. Diesmal konnte sie nicht einfach so aufwachen. Diesmal war es die Wirklichkeit. Jenny stieß einen verzweifelten Schrei aus und fing an zu rennen.

17. Kapitel

Kaltes Regenwasser bespritzte ihre Turnschuhe, aber die gleichmäßigen, rhythmischen Schritte hinter ihr kamen immer näher.

Wohin jetzt? Wohin? Welcher Weg führte aus diesem Albtraum heraus? Der Parkplatz glich plötzlich wieder einem Riesenozean. Welle auf Welle rollte auf sie zu und Jenny kämpfte gegen die Flut an. Aus lauter Panik blieb sie direkt vor ihrem Wagen stehen. Wo lang jetzt? Wo lang jetzt? *Wach auf, Jenny! Hoffentlich macht es gleich schnipp, und ich bin gesund und munter in meinem Bett zu Hause.*

Nein, sie musste rennen. Sie musste hier weg. Die Schritte kamen immer näher. Das war alles echt. Echte Gefahr. Begründete Angst. *Ich renne zu den Läden,* dachte sie. *Ich renne einfach auf die letzten Lichter zu.*

Aber warum gehorchten ihr die Beine plötzlich nicht mehr? Spontan wirbelte sie herum, um sich ihrem Verfolger zu stellen, der jetzt langsam aus dem Schatten heraustrat. »Dr. Schindler!«, schrie Jenny. Panik und Überraschung mischten sich in ihrer Stimme.

Dr. Schindler sah sie ganz überrascht an. Er trug eine übervolle braune Einkaufstüte und hatte Mühe, sie mit beiden Händen zu halten. Auf einem Hosenbein hatte er einen dunklen Fleck. Seine weißen Turnschuhe waren schmutzig und nass.

»Jenny?«

»Dr. Schindler. Sie … Sie haben mich zu Tode erschreckt«, stammelte Jenny.

Schnell sah er sich um, und Jenny dachte: *Was macht er überhaupt hier? Warum sieht er so nervös aus?*

»Auf diesen riesigen Parkplätzen kann ich nie meinen Wagen wieder finden«, erklärte er und wandte sich ihr erneut zu. »Äh, wartest du auf jemanden?«

»Ja, auf meinen Freund. Da kommt er schon.«

Dr. Schindler drehte sich um und sah Cal über den Parkplatz schlendern. »He, da ist mein Auto ja!« Er verlagerte die Einkaufstüte auf den anderen Arm. »Da unten. Jetzt sehe ich's.« Lächelnd zeigte er darauf.

Als Jenny Cal zuwinkte, dachte sie: *Ich glaube, ich werde langsam wirklich verrückt. Warum bin ich vor Dr. Schindler weggelaufen? Warum habe ich nicht gewartet, um zu sehen, wer da auf mich zukommt? Weil du verrückt bist. Verrückt. Verrückt.* Immer wieder ging ihr dieses Wort durch den Kopf und verhinderte, dass sie mitbekam, was Dr. Schindler sagte, und deshalb nachfragen musste.

»Ich sagte gute Nacht.« Er sah immer noch sehr nervös aus und schien sich gar nicht wohl in seiner Haut zu fühlen. »Ich wollte dich wirklich nicht erschrecken.«

»Gute Nacht.«

Cal kam jetzt auf sie zugerannt, und Dr. Schindler eilte mit der Einkaufstüte kämpfend zu seinem Wagen.

»Wer war `n das?«, fragte Cal, als er bei Jenny ankam.

»Mein Seelenklempner.« Jenny nahm Cals Arm.

»Was macht der denn hier?«

»Lebensmittel einkaufen, schätze ich mal.« Nachdenklich beobachtete Jenny, wie Dr. Schindler in seine dunkle Limousine stieg und zum Ausgang fuhr.

Cal musterte Jenny. »Ist mit dir alles in Ordnung?«

»Er hat mich erschreckt, das ist alles. Ich meine ... Ach, ich weiß auch nicht.« Jenny spürte wieder die Angst in sich aufsteigen. Dabei hatte sie das Gefühl, als würde sie gleich in Tränen ausbrechen oder wie verrückt zu schreien anfangen. *Verrückt. Verrückt. Verrückt.*

»Alles okay, Jenny?«

»Ich hatte einen Traum und der ist sozusagen Wirklichkeit geworden«, sagte Jenny, als ihr bewusst wurde, dass das eigentlich gar nichts erklärte.

»Sollen wir irgendwohin gehen und reden?« Einfühlsam legte Cal ihr den Arm um die Schulter. Er roch nach Eiscreme: Schokolade und Erdbeere.

»Ja.« Jenny beschloss, ihm alles zu erzählen, alles, was ihr passiert war und Angst machte: die kalten, geflüsterten Drohanrufe des Mannes, den sie in den Tod geschickt hatte. »Ja, lass uns irgendwohin gehen. Ich ... Ich habe gewissermaßen Probleme.«

Cal hielt ihr die Wagentür auf und sagte leise: »Ich kann gut zuhören. Ich hatte auch mal Probleme.«

Jenny sah zu ihm auf und musterte sein Gesicht, das im düster gelblichen Licht teilweise im Schatten lag. Die Narbe auf seinem Kinn wirkte dadurch ganz erhaben und gefährlich. »Was denn für Probleme?«, fragte Jenny, aber Cal zuckte nur mit den Schultern und schloss die Beifahrertür, ohne ihre Frage zu beantworten.

Sie fuhren zu einem Hamburgerrestaurant im Süden der Stadt. Es war leer – von drei mürrisch dreinblickenden Teenagern, die an einem der vorderen Tische saßen, und einem alten Mann, der über einer Tasse Kaffee eingenickt war, einmal abgesehen. Jenny führte Cal zu einem Tisch, der ganz hinten an der Wand stand, und erzählte ihm bei Pommes und Cola die ganze Geschichte, beginnend mit dem Abend, als sie das erste Mal bei den Hagens babygesittet hatte. Sie berichtete von den Überfällen auf Babysitter in der ganzen Stadt, von den Furcht erregenden Telefonanrufen und wie sie herausgefunden hatte, dass Mr. Hagen dahinter steckte und auch hinter den Angriffen auf die anderen Babysitter. Schließlich kam sie zu dem schrecklichen Abend, als Mr. Hagen sie gezwungen hatte, mit zum Steinbruch außerhalb der Stadt zu kommen, wo er sie töten wollte und schließlich selbst den Tod gefunden hatte.

Dann erzählte sie Cal von den Telefonanrufen, die sie neuerdings bekam und von der Flüsterstimme, die sie mit Mr. Hagens Worten bedrohte. *»Jenny, ich bin wieder da. Jenny, ich leiste dir bald Gesellschaft.«* Sie erzählte Cal auch von Chuck, von seinem ungezügelten Temperament und dass er der einzige Mensch war, der genau wusste, was Mr. Hagen immer zu ihr gesagt hatte. Sie vergaß auch nicht zu erwähnen, was für ein merkwürdiger Junge Eli war und wie sie ihn dabei erwischt hatte, bei irgendwelchen Leuten anzurufen und ins Telefon zu flüstern.

Jenny war gerade dabei, Cal zu erzählen, wie sie die tote Tarantel in ihrem Rucksack gefunden hatte, als sie mitten im Satz innehielt. Blitzartig war ihr eingefallen, wer da versuchte, sie zu terrorisieren. Vor Erstaunen darüber stand ihr der Mund offen und ihre Augen weiteten sich.

18. Kapitel

»Jenny, was ist denn los?«, fragte Cal, aber Jenny antwortete nicht. Sie musste erst einmal ihren Geistesblitz verarbeiten.

»Jenny?« Cal fasste über den Tisch und nahm ihre Hand. »Erde an Jenny! Hallo?«

»Oh, tut mir Leid.« Sie lächelte, konnte aber noch nicht über ihre neue Erkenntnis sprechen. Ihr Gehirn arbeitete auf Hochtouren. Sie hatte den Eindruck, als könnte sie die elektrischen Ströme fühlen, die ihr durch den Kopf flossen – ja, durch den ganzen Körper. Plötzlich ergab alles einen Sinn. Sie hatte soeben des Rätsels Lösung gefunden. Doch die Antwort zu kennen, schaffte noch nicht ihr Problem aus der Welt. Auch wenn sie jetzt wusste, wer ihr das antat, konnte sie nicht sagen, warum.

»Mensch, Jenny, du bist ja meilenweit entfernt!« Cal hielt immer noch ihre Hand.

»Du hast Ketchup am Arm.« Sie lachten, und das brachte Jenny wieder auf den Boden der Tatsachen zurück. Sie nahm eine Serviette aus dem Spender und half Cal, das klebrige Ketchup abzuwischen. »Während ich dir von dem Ganzen erzählt habe, ist mir eine Idee gekommen, wer hinter der Sache stecken könnte. Ich glaube, ich habe gerade das Geheimnis gelöst.«

»Hab' ich dir nicht gesagt, dass ich ein guter Zuhörer bin?«

»Ich weiß jetzt, wer mich die ganze Zeit anruft. Ich weiß, wer da versucht, mir Angst einzujagen.«

Cal knüllte die mit Ketchup beschmierte Serviette zusammen und ließ sie in den Glasaschenbecher fallen. »Wer?«

»Dr. Schindler.«

Entgeistert starrte Cal Jenny an.

»Hast du mich nicht verstanden? Es ist Dr. Schindler.« Jenny schlug auf den Tisch, um ihre Aussage zu bekräftigen. Nachdenklich kniff Cal die blauen Augen zusammen, sagte aber immer noch nichts. »Du glaubst mir nicht, stimmt's?«

»Warum Dr. Schindler?«

»Ich weiß, dass er es ist. Er muss es sein.«

»Aber warum?«, wiederholte Cal. Er sah ihr über die Schulter und beobachtete, wie die drei Teenager aufstanden und das Lokal verließen, wobei sie sich auf dem Weg zur Glastür gegenseitig anstießen.

»Er ist der Einzige, der die ganze Geschichte kennt. Verstehst du das denn nicht?« Jennys Frage kam einer flehentlichen Bitte gleich. Genauso gut hätte sie sagen können: ›Cal, bitte, bitte, glaub mir!‹

»Aber was beweist das?« Eindringlich sah Cal sie an, als könnte er so ihre Gedanken lesen.

»Ich habe ihm alles erzählt«, sagte Jenny aufgeregt. »Jede Einzelheit. Jedes Wort, das Mr. Hagen zu mir gesagt hat. Dr. Schindler und Chuck sind die Einzigen, die über alles Bescheid wissen.«

»Und wieso glaubst du, dass es nicht Chuck ist?« Cal spielte mit dem Salz- und Pfefferstreuer aus Plastik.

»Chuck ist böse auf mich, weil ich mit ihm Schluss gemacht habe, aber er ist kein schlechter Kerl. Er hat letzten Herbst diese ganze schreckliche Zeit mit mir durchgemacht und mir viel geholfen. Er weiß, was das für ein Albtraum war. Er würde nie versuchen, mir damit Angst einzujagen und vorgeben, Mr. Hagen zu sein. Ich kenne Chuck. Selbst wenn er übel drauf ist, würde er mir das nicht antun. Bestimmt nicht.«

Cal dachte eine Weile darüber nach und hantierte weiter mit dem Salz- und Pfefferstreuer. »Damit wären wir wieder bei meiner ursprünglichen Frage: Warum Dr. Schindler?«

»Ich weiß ehrlich gesagt auch nicht, warum«, gestand Jenny ihm ein. »Ich meine, ich weiß nicht, warum er mir das antut. Ich weiß nur, dass er der einzige Mensch ist, der infrage kommt. Immer wieder habe ich mit ihm über Mr. Hagen gesprochen und darüber, was passiert ist. Dr. Schindler kennt jede Einzelheit und jeden Traum, den ich deswegen hatte, jeden Gedanken und all meine Befürchtungen.«

»Aber, Jenny –«

»Und heute Abend auf dem Parkplatz beim Einkaufszentrum wirkte er so nervös und schien sich in seiner Haut gar nicht wohl zu fühlen«, fuhr Jenny fort. »Was wollte er denn da, Cal? Sein Auto stand noch nicht einmal in der Nähe von meinem. Was hatte er bei mir verloren?«

Cal wollte etwas darauf erwidern, aber Jenny beantwortete sich die Frage gleich selbst. »Das war kein Zufall. Er ist mir gefolgt. Da bin ich ganz sicher. Er wollte mir Angst machen. Schließlich wusste er von meinem Traum, der sich genau auf diesem Parkplatz abgespielt hat. Außerdem erinnere ich mich jetzt auch noch an einige andere Sachen, die mit ihm zu tun haben.«

»Was zum Beispiel?« Cal rieb sich die Narbe am Kinn.

»Dass er mich dauernd fragt, wo ich hingehe und was ich so mache.«

»Was meinst du denn damit, Jenny?«

»Er ist immer so neugierig, was ich nach den Sitzungen vorhabe, und will wissen, ob ich bei den Wexners babysitte oder nicht. Warum wohl?«

»Zum Beispiel, weil du ihn wirklich interessierst?«

»Nein, ihn interessiert nur seine Uhr – damit er die Sitzung rechtzeitig beenden kann und der nächste Patient nicht warten muss. Meine Probleme kümmern ihn überhaupt nicht. In der Praxis macht er nur seinen Job. Aber dann fragt er mich, wo ich hingehe und was ich tue, damit er weiß, wo er anrufen muss, wenn er mir Angst einjagen will. Das ist doch sonnenklar!«

Jenny sah Cal an und wartete auf ein Zeichen der Zustimmung, doch Cal war immer noch skeptisch. »Aber, warum, Jenny? Diese Frage musst du erst einmal beantworten. Warum sollte Dr. Schindler dir so etwas antun? Warum sollte er versuchen, dir Angst einzujagen?«

»Was weiß ich?« Jenny warf frustriert die Arme hoch. »Vielleicht, weil er verrückt ist, oder vielleicht ist das eine neue Art von Schocktherapie!«

Cal lachte, doch als er Jennys verärgerten Gesichtsausdruck sah, hörte er sofort auf. »Es gibt kein Motiv. Dr. Schindler hat keinen Grund, so etwas zu tun.«

»Aber wenn es nicht Dr. Schindler ist, muss es Mr. Hagen sein. Wenn mein Psychiater nicht infrage kommt, bedeutet das, dass Mr. Hagen tatsächlich zurückgekehrt ist und ich von einem Untoten verfolgt werde, von irgend so einem Monster. Das will ich mir wirklich nicht vorstellen müssen, Cal. Echt nicht.« Die Angst stand Jenny ins Gesicht geschrieben.

»Vielleicht ist es ja auch der kleine Junge«, gab Cal zu bedenken.

»Nein, es ist Dr. Schindler«, beharrte Jenny. »Ich

weiß, dass er es ist. Das hätte mir eigentlich gleich aufgehen müssen, als ich gesehen habe, wie er mich da auf dem Parkplatz angeguckt hat.« Sie ergriff Cals Hand. »Jetzt weiß ich es und werde es beweisen.«

Nachdenklich zog Cal die Augenbrauen zusammen. »Und wie?«

»Indem ich ihm eine Falle stelle. Und du musst mir dabei helfen, Cal, auch wenn du mir nicht glaubst.«

19. Kapitel

»Der Doktor hinkt heute Morgen seinem Terminplan ein wenig hinterher.« Miss Gurney blickte von der Tastatur auf.

»Das ist aber ungewöhnlich.« Jenny sah sich im leeren Wartezimmer um. Ihr Blick blieb an dem Aquarium mit tropischen Fischen hängen, das in eine Wand eingelassen war. Die Fische schwammen wie wild durcheinander, und Jenny dachte: *Die sind heute genauso nervös wie ich.*

»Ich habe sie gerade gefüttert«, erklärte Miss Gurney, die Jennys Blick gefolgt war. »Was für schöne Haare du hast, Schätzchen. Hast du irgendetwas damit gemacht?«

»Nein, ich habe sie heute Morgen nur gewaschen«, erwiderte Jenny und widmete ihre Aufmerksamkeit wieder ganz den aufgewühlten Fischen. Um sie besser beobachten zu können, ging sie zum Aquarium hinüber.

»Was für eine hübsche Haarfarbe«, fuhr Miss Gurney fort. »Ich wollte auch immer dunkelbraunes Haar haben wie du. Aber selbst als ich noch keine grauen Strähnen hatte, war meine Haarfarbe immer irgendwie mausgrau und wirkte verwaschen.«

Die Tür zum Behandlungszimmer ging auf. Dr. Schindler steckte den Kopf durch den Spalt und sah sich im Wartezimmer um. »Guten Morgen, Jenny. Bewunderst du die Fische?«

»Ja! Ich glaube, sie sind verrückt geworden«, rief

Jenny und dachte: *Sogar die Fische wissen, dass hier irgendetwas Merkwürdiges vor sich geht.*

»Den Begriff ›verrückt‹ benutzen wir in dieser Praxis nicht«, erklärte Dr. Schindler und schürzte die Lippen.

Als Jenny aufging, dass er nur einen Witz gemacht hatte, rang sie sich ein Lächeln ab.

»Sollen wir anfangen?« Dr. Schindler ließ irgendwelche Akten auf Miss Gurneys Schreibtisch fallen und bedeutete Jenny, ihm ins Behandlungszimmer zu folgen. Nachdem Jenny auf der Ledercouch Platz genommen hatte, setzte sich Dr. Schindler auf seinen Stuhl und zog ihn an den Schreibtisch heran.

Er sieht müde aus, dachte Jenny. *Er tut nur so, als wäre er superaufmerksam und energiegeladen, dabei ist er todmüde. Sie verstecken etwas, Dr. Schindler, aber ich werde es ans Licht bringen und diesem ganzen Spuk ein Ende machen, damit ich endlich wieder mein Leben leben kann.*

Plötzlich bekam sie es mit der Angst zu tun. Da saß sie nun eingesperrt in dem Zimmer des Mannes, der sie die ganze Zeit bedrohte. Er war wie Dr. Jekyll, der sich hin und wieder in Mr. Hyde verwandelte – ein schizophrenes Monster, das es auf sie abgesehen hatte. Aber nicht mehr lange!

»Du scheinst mir heute sehr nachdenklich«, sagte Dr. Schindler jetzt, stützte die Ellbogen auf den Schreibtisch und das Kinn in die Handflächen. Da Jenny nicht wusste, was sie ihm auf seine Feststellung erwidern sollte, wartete sie einfach ab, bis er fortfuhr. »Worüber möchtest du heute reden?«, fragte er denn auch gleich.

»Nun ...«, fing Jenny an und atmete tief durch, während sie ihre Hände fest im Schoß faltete. »Ich habe da so eine Idee.«

»Eine Idee?«

»Ja, wie ich die Albträume beenden kann, wissen Sie. Wie ich diese ganze Sache endlich hinter mir lassen kann.«

»Das würde ich gerne hören«, sagte er ruhig und sah ihr direkt in die Augen.

»Es ist eigentlich nur so ein Gefühl.«

»Kannst du es beschreiben?«

»Nun ...« Jenny tat so, als müsste sie noch überlegen, obwohl sie das Ganze zu Hause sorgfältig geprobt hatte. »Diese Albträume ... Diese Ängste ... Ich habe einfach das Gefühl, dass sie mich nie loslassen werden, wenn ich nicht bereit bin, mich ihnen zu stellen.« Sie hielt inne, um zu sehen, wie Dr. Schindler darauf reagierte.

»Erzähl weiter«, sagte er, ohne dass seinem Gesicht etwas zu entnehmen gewesen wäre.

»Um gleich auf den Punkt zu kommen ...«, fuhr Jenny nun fort und überlegte, was Dr. Schindler wirklich dachte, »... meine Idee ist, noch einmal zum Steinbruch zu gehen.«

Dr. Schindler blinzelte erstaunt, aber dann nahm sein Gesicht schnell wieder den nichts sagenden Ausdruck an.

»Ich will nachts noch einmal zum Steinbruch gehen, um meine Fantasie und die Erinnerung an das, was geschehen ist, in ihre Schranken zu weisen. Ich will mir selbst beweisen, dass dort nur ein Haufen Felsbrocken sind und nichts, das mich verfolgen könnte. Das hört sich bestimmt verrückt –«

Dr. Schindler räusperte sich. »Wie ich schon sagte, wir benutzen dieses Wort hier nicht.«

»Ich habe einfach so das Gefühl, mich dem Ganzen noch einmal stellen zu müssen, ein letztes Mal, damit ich die scheußliche Geschichte endlich vergessen kann«, sagte Jenny. »Und dann hören vielleicht auch die Albträume auf und die merkwürdigen Telefonanrufe ...« Sie hielt inne und beobachtete aufmerksam, ob Dr. Schindler irgendwie darauf reagierte. Aber sein Gesicht blieb reglos. »... und die komischen Gedanken, die mir immer durch den Kopf gehen. Alles wird dann weg sein.«

»Wie ich sehe, hast du viel über die Sache nachgedacht«, erklärte Dr. Schindler schließlich und schien sich seine Worte genau zurechtzulegen. »Und ich finde deine Idee interessant.« Wieder musste er sich räuspern. »Aber es ist auch meine Pflicht, dich zu warnen, Jenny: Für deine Probleme gibt es keine schnelle Lösung. Es kann keine einfache Antwort darauf geben. Aber wir sollten alles versuchen und vor allem sollten wir uns weiter unterhalten. Du musst dich einfach damit abfinden, dass das Ganze sehr lange dauern könnte. Womöglich Jahre. Schließlich war das alles ein schwerer Schock für dich. Anderen Leuten passiert so etwas ihr ganzes Leben lang nicht. Aber mit der Zeit wird dein Unterbewusstsein die Sache ad acta legen und sich auf das Jetzt konzentrieren. Dann wird sich alles wieder normalisieren.«

Wie gebannt sah Jenny ihn an und überlegte, was ihm wohl durch den Kopf ging, während er versuchte, sie mit diesen aalglatten, professionellen Worten in Sicherheit zu wiegen. *Denken Sie an Ihren nächsten Anruf, Dr. Schindler? Denken Sie daran, welche Drohungen Sie mir das nächste Mal ins Ohr flüstern können?*

Jenny überlegte, ob er wohl auch noch andere Patienten terrorisierte, oder ob sie die Einzige war. *Aber warum ich?* dachte sie dann. *Warum ich?* Laut fragte sie ihn schließlich: »Soll das heißen, dass Sie mir empfehlen würden, besser nicht zum Steinbruch zurückzugehen?«

Er nahm seine Schreibtischuhr und rollte sie zwischen den Handflächen hin und her. »Nicht unbedingt. Es ist schwer zu sagen. In gewisser Weise mag es vorteilhaft sein. Es kann aber auch dazu beitragen, deine Ängste noch zu verschlimmern.«

»Ich mach's trotzdem«, sagte Jenny entschieden und setzte sich ganz gerade hin. »Mein Entschluss steht fest, Dr. Schindler. Ich weiß einfach, dass es mir helfen wird.«

»Nun, wenn du dir dessen so sicher –«, fing er an, aber Jenny unterbrach ihn: »Ich gehe schon heute Abend!«

Dr. Schindler stellte das Aufnahmegerät aus. »Dann können wir uns den Rest der Sitzung wohl schenken. Aber für heute Abend wünsche ich dir viel Glück.«

So wie er das sagte, lief es Jenny eiskalt den Rücken hinunter.

20. Kapitel

»Jenny, ich bin wieder da!«

Als Jenny das hörte, zuckte sie unwillkürlich zusammen. Sie wirbelte herum, aber da stand nur Eli und lächelte sie an. »Was hast du gesagt?«

»Dass ich wieder da bin«, wiederholte Eli ungeduldig. »Ich bin doch rausgegangen, um die Post zu holen. Weiß du nicht mehr? Ich habe sie auf den Küchentisch gelegt.«

»Oh!«, sagte Jenny und stellte fest, dass sie ganz außer Atem war.

»Ist mit dir alles in Ordnung?«

»Ja, mir geht's gut. Ich habe gerade nur an etwas gedacht.« Jenny raufte ihm das Haar. Nach ihrer Sitzung bei Dr. Schindler war sie den ganzen Nachmittag mit ihren Gedanken woanders gewesen und hatte kaum auf Eli geachtet. Auch als Rick angerufen hatte, war er schnell von ihr abgewürgt worden. Dabei hatte er sich nur für sein Verhalten entschuldigen wollen und glaubte jetzt bestimmt, sie sei ihm immer noch böse.

Aber Jenny konnte nur daran denken, dass sie heute Abend zum Steinbruch hinausfahren würde. Die ganze Zeit stand ihr vor Augen, wie es dort ausgesehen hatte. Sie erinnerte sich genau an den flachen, felsigen Untergrund, der den Steinbruch hinaufführte, an den steilen Abhang und die riesige, unheimlich tiefe Grube.

Erneut überkam Jenny das schreckliche Gefühl, das sie damals befallen hatte. Aber sie war trotzdem entschlossen, ihren Plan durchzuziehen. Sie wusste, dass sie nur so diesen Albträumen ein Ende machen konnte – und der Angst, die sie ständig begleitete. Sie wollte endlich wieder ein normales Leben führen, und dafür musste sie Dr. Schindler ans Messer liefern. Zum tausendsten Mal dachte Jenny an ihren Traum und sah den halb verwesten Körper Mr. Hagens aus dem Steinbruch zu sich hinaufklettern …

Sie war so in Gedanken vertieft, dass sie gar nicht bemerkte, als Mrs. Wexner nach Hause kam.

»Jenny?«

»Oh, hallo!« Jenny sprang von der Couch auf und hatte Mühe, ihre düsteren Gedanken zu vertreiben.

»Wie hat sich Eli heute benommen?« Mrs. Wexner zog die hohen Schuhe aus und massierte sich dann die Füße.

»Gut«, sagte Jenny, der erst jetzt richtig bewusst wurde, dass sie sich eigentlich kaum um Eli gekümmert hatte. Sie nahm sich vor, es am Samstag wieder gutzumachen.

Eli tauchte mit Schokolade verschmiertem Mund in der Wohnzimmertür auf und seine Mutter schimpfte: »Was hast du denn schon wieder gegessen? Du weißt doch, dass es gleich Abendbrot gibt.«

»Nichts«, antwortete Eli.

»Nun verabschiede dich von Jenny. Sie geht jetzt.«

Ohne Vorwarnung kam Eli auf Jenny zugerannt und umarmte sie begeistert. Jenny erwiderte seine Umarmung rasch und wollte dann zur Tür gehen, aber Eli klammerte sich regelrecht an sie und schmiegte sein Gesicht an ihren Bauch.

Als wüsste er, dass ich etwas Gefährliches vorhabe, dachte Jenny. Aber dann schalt sie sich insgeheim, ihrer Fantasie schon wieder freien Lauf gelassen zu haben.

Eli ahnte überhaupt nichts, er wollte sie nur nicht gehen lassen.

»Am Samstag sehen wir uns ja wieder«, sagte sie nun und schob ihn vorsichtig von sich. Dann lief sie schnell zur Haustür und ging hinaus, ohne sich noch einmal umzublicken. Dabei dachte sie: *Ich hoffe, dass ich dich Samstag wieder sehe, Eli. Ich hoffe, dass ich dann noch lebe.*

Die Sonne stand gerade blutrot am wolkenlosen Horizont, und Jenny fühlte sich unwillkürlich an den Steinbruch und Mr. Hagens Gesicht erinnert. Sie fing an zu rennen und wäre beinahe an ihrem Haus vorbeigelaufen, so beschäftigt war sie mit ihren düsteren Gedanken.

Beim Abendessen zwang sie sich, fröhlich zu sein, und erfand eine lustige Anekdote über Eli. Ob ihre Mutter wohl spürte, dass sie ihr nur etwas vorspielte?

Cal holte sie kurz nach halb acht mit seinem kleinen Auto ab. Er wirkte nervös und ernst und seine Augen irgendwie stumpf, ohne ihren sonstigen Glanz. »Warum fahren wir nicht einfach ins Kino?«, schlug er halb scherzhaft vor.

»Ab morgen können wir jeden Abend ins Kino gehen«, sagte Jenny und drückte seinen Arm.

Bald hatten sie die Stadt hinter sich gelassen und fuhren über Land. Dunkle Felder wechselten nur hin und wieder mit Silos und niedrigen Bauernhöfen.

»Was glaubst du, wird da heute Abend passieren?« Cal hielt den Blick auf die Straße gerichtet und umklammerte mit beiden Händen das Lenkrad.

Auf die Frage war Jenny nicht vorbereitet. Sie hatte so viel Zeit damit verbracht, über ihre Albträume und die Vergangenheit nachzudenken, dass sie sich kaum

Gedanken gemacht hatte, was wäre, wenn sie an den Ort des Geschehens zurückkehrte. »Ich weiß es nicht«, sagte sie schließlich gereizt. »Ich schätze mal, ich werde mich umsehen und an alles erinnern.«

»Das tust du doch jetzt schon«, erwiderte Cal, und Jenny entgegnete scharf: »Mach's mir doch nicht noch schwerer!«

Cal entschuldigte sich rasch, jedoch ohne Jenny anzusehen. Nach wie vor wandte er den Blick nicht von der Straße.

»Ich weiß, dass dir das verrückt vorkommt, Cal, aber du hast ja auch in den vergangenen sechs Monaten nicht in meiner Haut gesteckt. Du hast nicht meine Albträume gehabt.« Die Bauernhöfe und Felder wichen nun Ödland. Außer Cal und Jenny war keiner mehr auf der schmalen Straße unterwegs. »Dr. Schindler wird da sein«, fuhr Jenny fort, »und versuchen, mir Angst einzujagen. Aber er rechnet nicht mit dir.«

»Was soll ich eigentlich tun?« Cal versuchte, ruhig und geschäftsmäßig zu klingen. Aber man hörte ihm an, wie besorgt er war.

»Einfach nur da sein«, sagte Jenny. »Ich glaube, das reicht schon. Wenn Dr. Schindler erst einmal sieht, dass man ihn durchschaut hat, wird er aufgeben und davonlaufen.«

»Und wenn er sich prügeln will?«

»Er ist ein Seelenklempner, Cal, er wird Angst vor dir haben. Du siehst so verwegen aus. Wahrscheinlich hat er sich in seinem ganzen Leben noch nicht geprügelt.«

»Bist du sicher?« Sie fuhren weiter die Straße entlang, die sich durchs dunkle, flache Gelände schlängelte.

»Natürlich. Mach dir keine Sorgen. Wenn er dich sieht, läuft er davon.«

»Vielleicht taucht er ja überhaupt nicht auf«, sagte Cal hoffnungsvoll.

»Ja, vielleicht kommt an seiner Stelle Mr. Hagen. Vielleicht wird mein Albtraum wahr, und Mr. Hagen springt aus dem Steinbruch, und die Hautfetzen fallen von ihm ab, und man kann seinen Schädel sehen. Dann schnappt er uns beide und nimmt uns mit zurück in sein Grab.« Als Cal nichts darauf erwiderte, erklärte Jenny schnell: »Tut mir Leid. Achte gar nicht auf mich. Ich bin einfach nur nervös.«

»Hab keine Angst.« Cals Gesicht wirkte im Licht des Armaturenbretts, als sei er auf Streit aus. Den gleichen Eindruck hatte er auch auf Jenny gemacht, als sie das erste Mal miteinander ausgegangen waren. »Ich bin ja da«, presste er nun zwischen zusammengebissenen Zähnen hervor. Obwohl er sie damit beruhigen wollte, erreichte er genau das Gegenteil, denn jetzt lief es Jenny erst recht eiskalt den Rücken hinunter.

Plötzlich trat er auf die Bremse und Jenny zuckte erschrocken zusammen. Dann bog er von der Straße ab und der kleine Wagen holperte über einen staubigen Feldweg mit riesigen Schlaglöchern.

»Cal, was machst du denn?«, rief Jenny.

»Ich hätte fast die Abzweigung verpasst. Sie ist nicht so richtig ausgeschildert. Wahrscheinlich rechnen sie hier nicht damit, dass nach der Dämmerung noch jemand zum alten Steinbruch fährt.«

Nach einer Weile rief Jenny: »Wir sind da!«

»Angst?«

Sie wollte etwas darauf erwidern, aber die Antwort blieb ihr im Hals stecken.

21. Kapitel

Cal stellte den Motor ab und schaltete die Scheinwerfer aus. Für einen Augenblick wurde es um sie her stockdunkel. Allmählich konnte Jenny dann vage Konturen und schwarzgraue Schatten erkennen. Sie stieß die Beifahrertür auf, atmete tief die feuchtwarme Luft ein und trat auf den harten, felsigen Boden. Cal kam um den Wagen herum und nahm sie bei der Hand. Dann gingen sie gemeinsam auf die künstliche Klippe des Steinbruchs zu.

»Es ist anders als damals«, flüsterte Jenny und drückte ganz fest Cals Hand, die sich im Gegensatz zu ihrer warm und trocken anfühlte. »All diese Schotterhaufen waren letzten Herbst nicht da.« Sie zeigte auf die dunklen Umrisse der hohen Hügel um sie herum.

»Schätze mal, dass sie hier wieder arbeiten«, flüsterte Cal zurück.

»Merkwürdig«, raunte Jenny, während sie sich immer weiter dem Abgrund näherten. »Hier war vorher jahrelang kein Mensch.«

»Wie fühlst du dich? Alles in Ordnung?« Cal legte ihr einen Arm um die Schultern. Direkt vor ihnen, noch etwa zwanzig Meter entfernt, erstreckte sich die riesige Grube, die im Dunkeln allerdings kaum zu sehen war. Jenny konnte nur gerade noch erkennen, wo der felsige Untergrund der totalen Dunkelheit wich. »Ich fürchte mich, aber sonst ist alles okay«, flüsterte sie.

»Können wir jetzt wieder gehen?«, fragte Cal, und

Jenny hätte nicht sagen können, ob er das ernst meinte. »Versteck dich da drüben.« Sie zeigte auf einen Geröllhügel ganz in der Nähe.

»Vielleicht wäre es besser, wenn ich hier bei dir bleibe.« Cal drückte sie ein wenig fester an sich.

»Nein«, sagte Jenny. »Ich will allein sein und mich dem Ganzen stellen. Nur dann –« Sie verstummte, und beide sahen den Lichtschein zwischen den Bäumen, der von den Scheinwerfern eines Wagens herrührte. Gleich darauf hörten sie ein Auto über den staubigen Feldweg rumpeln. Dann gingen die Lichter aus, und auch das Motorengeräusch hörte auf. Der Fahrer hatte den Wagen unten auf dem Weg geparkt.

»Dr. Schindler! Ich wusste, dass er kommen würde«, flüsterte Jenny aufgeregt, während ihr das Herz bis zum Hals schlug. Sie gab Cal einen sanften Stoß. »Schnell. Versteck dich hinter dem Geröllhaufen.«

»Aber, Jenny …« Er wollte ihr widersprechen, änderte dann aber seine Meinung und rannte los. »Ich bin gleich hier«, sagte er kurz darauf mit gedämpfter Stimme und verschwand ganz hinter dem dunklen Steinhaufen.

Allein und schwer atmend stand Jenny da und ließ den Blick über die dunklen Hügel schweifen. Hinter ihr lag schwarz und still die tiefe Grube. *Heute Nacht sind keine Geister hier,* sagte sie sich, um sich Mut zu machen. *Keiner, der gerade dem Grab entstiegen ist. Nur ich und Cal und ein Besucher. Ein lebendiger Mensch!*

Stocksteif stand sie da, ließ die Augen hin und her wandern und lauschte. Schließlich erklangen Schritte. Da eilte jemand über den felsigen Untergrund und verursachte mit seinen Sohlen ein scharrendes Geräusch. *Ich kann Sie hören, Dr. Schindler. Ich kann Sie hören und warte auf Sie. Ich bin bereit …*

Die Angst schien ihre Sinne zu schärfen. Jenny konnte die Felsen jetzt regelrecht riechen und hatte sogar den Eindruck, die Luft *zu sehen,* während die Schritte immer näher kamen. *Ich bin bereit. Ich bin bereit ...*

Plötzlich tauchte drohend eine dunkle Gestalt vor ihr auf und flüsterte heiser: *»Jenny, ich bin da.«* Dabei kam sie so nah an Jenny heran, dass das Mädchen deutlich sehen konnte, wer es da verfolgte, und erstaunt rief: »Sie! Was machen *Sie* denn hier?!«

22. Kapitel

»Jenny, ich bin da.«

»Sie?« Jenny trat unwillkürlich einen Schritt zurück.

»Ich leiste dir jetzt Gesellschaft.«

»Das glaube ich einfach nicht! Warum Sie?«

Miss Gurney ging noch einen Schritt auf Jenny zu. Das Haar, das sie sonst immer streng im Nacken zusammengebunden hatte, fiel ihr wirr ins Gesicht. Sie trug eine schwarze Hose mit weiten Beinen und eine schwarze langärmlige Bluse, obwohl es so warm war.

»Warum?«, rief Jenny, die immer noch nicht fassen konnte, dass es sich bei ihrem Peiniger um Miss Gurney handelte. »Warum haben Sie mir das angetan?«

»Du kriegst ihn nicht«, sagte Miss Gurney mit ihrer heiseren tiefen Stimme, blieb stehen und stemmte die Hände in die breiten Hüften.

»Was? Ich verstehe nicht, was Sie meinen«, rief Jenny.

»Du kriegst ihn nicht«, wiederholte sich Miss Gurney. »Du bekommst Dr. Schindler nicht.«

»Aber ... Aber ... Ich habe überhaupt kein In –«

»Du hast doch genug Freunde«, fuhr Miss Gurney in ihrer Eifersucht fort. »Du hast alles, nicht wahr? Schönes Haar, schöne Kleider ... und Männer. Ich weiß es. Ich weiß alles über dich, Jenny. Ich höre mir immer die Kassetten an.«

»Miss Gurney, ich hab' wirklich keine Ahnung, warum –«

»Sei still!«, kreischte die Frau und kam wütend auf

Jenny zu. »Du kriegst ihn nicht. Ich habe gesehen, wie er dir die Hand auf die Schulter legt. Ich beobachte, wie er mit dir redet. Mit mir spricht er kaum noch.«

»Ich bin doch nur eine Patientin!«, rief Jenny.

»Ich war auch einmal seine Patientin!«, schrie Miss Gurney zurück. »Aber jetzt tut er so, als sei ich gar nicht mehr da. Tagein, tagaus ignoriert er mich, während er dir seine ganze Aufmerksamkeit widmet. Stundenlang hört er sich deine Kassetten an und spricht mit dir. Warum sollst du *alles* haben und ich *nichts?*«

»So beruhigen Sie sich doch«, flehte Jenny. »Wir können ja über alles reden!« Dabei dachte sie: *Ich muss dafür sorgen, dass Miss Gurney weiterspricht. Vielleicht kann ich sie dazu bringen, dass sie erkennt, wie verrückt das ist. Verrückt!* »Beruhigen Sie sich!«, sagte sie dann. »Lassen Sie uns doch ganz in Ruhe über Dr. Schindler reden. Nur Sie und ich.«

»Ich *will* mich aber nicht beruhigen!«, kreischte Miss Gurney und drängte Jenny noch näher an den Abgrund. »Warum sollte ich? Der Doktor sieht mich nicht einmal mehr an. Aber dich. Weil du so hübsches Haar hast und so schöne dunkle Augen. Dauernd sieht er dich an, mit deinen netten Klamotten und all deinen Albträumen, über die man reden kann. Und dann sprichst du stundenlang mit *meinem* Arzt.« Miss Gurney hielt inne, um Atem zu schöpfen. »Nun, Jenny? *Ich* bin jetzt dein Albtraum. Und da ist kein Dr. Schindler, dem du es erzählen kannst. Da sind nur wir beide, Schätzchen.«

»Ich verstehe das alles nicht. Lassen Sie uns doch einfach darüber reden«, flehte Jenny, während Miss Gurney immer näher kam. »Haben Sie versucht, mir am Telefon Angst einzujagen? Haben Sie mir die tote

Tarantel in den Rucksack gesteckt, während ich im Behandlungszimmer war?«

»Ich wollte nur, dass du auf mich aufmerksam wirst«, sagte Miss Gurney und senkte bedrohlich die Stimme. »Ich wollte dir nur klar machen, dass ich weiß, was du vorhast. *Aber das werde ich dir nicht durchgehen lassen!* Du kriegst ihn nicht! *Du* nicht!«

»Was haben Sie denn vor?«, fragte Jenny und wich vor der stetig näher kommenden Frau zurück.

»Du wirst sterben wie dieser arme Mr. Hagen.« Plötzlich ging Miss Gurney mit ausgestreckten Armen auf Jenny los, um sie über die künstliche Klippe zu stoßen.

»Nein!«, schrie Jenny. »Cal, hilf mir!«

Sofort sprang Cal hinter dem Geröllhaufen hervor und rannte mit vollem Tempo auf sie zu. Erstaunt, dass da plötzlich jemand hinter ihr war, drehte sich Miss Gurney um und schrie: »Wer ... Wer ist da?«

Cal wollte sich auf sie stürzen, aber Miss Gurney ließ sich genau in dem Augenblick fallen, als Cal zum Sprung ansetzte, und er flog mit völlig entgeistertem Gesichtsausdruck über die nicht minder erstaunte Frau hinweg.

Entsetzt musste Jenny mit ansehen, wie er kopfüber in den Abgrund stürzte.

23. Kapitel

Er ist tot, dachte Jenny. *Cal ist tot, und ich bin genauso Schuld an seinem Tod wie an Mr. Hagens. Ich habe meinen eigenen Freund umgebracht.*

Aus dem Augenwinkel sah Jenny, wie sich Miss Gurney langsam aufrappelte. Sie grinste irr, während ihr das Haar wirr ins Gesicht hing. Plötzlich nahm Jenny eine Bewegung auf der anderen Seite wahr und wandte unwillkürlich den Kopf. Da war eine Hand, die sich an der künstlichen Klippe des Steinbruchs festklammerte und Jenny dachte entsetzt: *Wie in meinem Traum. Mein Traum wird Wirklichkeit.*

Eine zweite Hand erschien an der Kante, und dann zwei Arme. *Mr. Hagen!,* dachte Jenny. *Er ist wirklich zurückgekommen.* Vor Schreck stand sie wie angewurzelt da und konnte sich genauso wenig rühren wie in ihrem Traum. Sie erwartete, die verwesenden Hautfetzen zu sehen, die leere Augenhöhle und das Grinsen – das böse Grinsen auf dem Gesicht des Toten.

Aber der Kopf, der nun direkt am Abgrund auftauchte, gehörte nicht Mr. Hagen sondern Cal. Klatschnass zog sich ihr Freund auf den felsigen Untergrund, und da begriff Jenny erst, dass sich die Grube des Steinbruchs mit Wasser gefüllt hatte. Sie hatte so laut geschrien, als Cal in die vermeintliche Tiefe gestürzt war, dass sie das Platschen gar nicht gehört hatte. »Cal, ist mit dir alles in Ordnung?« Jenny wollte schon zu ihm gehen, aber da packte Miss Gurney sie um die Taille.

»Lassen Sie mich los!«, schrie Jenny und versuchte, sich zu befreien.

»Du kriegst ihn nicht! Verstanden?« Miss Gurneys Stimme drohte sich zu überschlagen. Wieder wollte sie Jenny über die Klippe stoßen.

»Lassen Sie mich los!«, wiederholte Jenny, aber die pummelige Frau war erstaunlich stark.

»Du kriegst ihn nicht! Du nicht!« Miss Gurney versetzte Jenny einen harten Stoß, und Jenny spürte, wie sie den Boden unter den Füßen verlor. Miss Gurney, die durch die Schwungkraft selbst über die Klippe gerissen worden war, klammerte sich an ihr fest. Gleich darauf schlug das Wasser über ihnen zusammen, und gemeinsam sanken sie immer tiefer.

Jenny fühlte sich so schwer und Miss Gurney ließ einfach nicht los. Jenny ruderte mit Armen und Beinen und versuchte, die pummelige Frau mit den Knien wegzustoßen, doch Miss Gurney umklammerte Jennys Taille nur noch fester.

Am Ende kamen sie doch wieder an die Oberfläche, und ihre Köpfe schossen aus dem Wasser. Sowohl Jenny als auch Miss Gurney rangen verzweifelt nach Luft.

»Lassen Sie mich los!«, brachte Jenny schließlich heraus und stieß Dr. Schindlers Sprechstundenhilfe mit aller Kraft die Ellbogen in die Rippen. Einen Augenblick lockerte Miss Gurney den Griff, und es gelang Jenny, sich freizuschwimmen. Prustend versuchte sie, zum Rand des künstlichen Sees zu gelangen. Aber Miss Gurney bekam sie an der Schulter zu fassen und zog sie zurück. Dann drückte sie Jenny unter Wasser, und Jenny dachte: *Sie ist viel stärker als ich. Die Raserei macht sie stark.* Jenny trat nach ihr und versuchte, den Kopf freizubekommen. Aber Miss Gurney hatte sie bei den Haaren gepackt und hielt sie jetzt mit beiden Händen unter Wasser.

Wieder wurde es dunkel und kalt um Jenny. Stockdunkel wie im Grab und eiskalt wie der Tod. Jenny ruderte wild mit Armen und Beinen, konnte sich aber nicht befreien. Sie hatte den Eindruck, als sei ihre Lunge kurz vorm Bersten. Aber Miss Gurney ließ nicht locker und drückte ihren Kopf weiter unter Wasser. *Ich werde ertrinken. Ich ertrinke. Ich kann nicht länger die Luft anhalten,* dachte Jenny noch, als alles um sie herum rot wurde.

24. Kapitel

Und dann ging es nach oben. Nach oben! Jenny kam an die Oberfläche, während es um sie herum feuerrot blitzte.

Bin ich tot?, überlegte Jenny. *Nein, ich atme.* Wo war Miss Gurney? Weg, eins mit all dem Rot. Irgendjemand hielt sie über Wasser. *Cal?* »Cal, bist du das?« Jenny fühlte sich so bleiern und schwer wie ein Stein. »Cal, warum ist alles so rot?«

Er zog sie ganz aus dem Wasser und drückte sie an sich. Langsam konnte Jenny wieder scharf sehen. Überall standen Autos und Männer. Es flammte rot auf, wurde wieder dunkel, dann wieder rot. Rot, schwarz, rot, schwarz, die ganze Zeit. Da wurde Jenny bewusst, dass sich die blitzenden roten Lichter auf den Fahrzeugen befanden. Es waren Polizeiautos.

Mehrere Beamte versuchten, Miss Gurney aus dem Wasser zu fischen. Schreiend schlug sie um sich, dass es nur so spritzte. Sie wollte sich nicht helfen lassen. Sie wollte nicht aus dem Wasser.

»Wir leben noch, Cal«, sagte Jenny und lehnte den Kopf an sein nasses Hemd.

»Ja, es ist alles okay«, bestätigte Cal leise. »Ich habe sie gerade noch rechtzeitig von dir losbekommen.«

»Seid ihr in Ordnung?«, rief da ein Mann, der gleich darauf aus dem Schatten eines Blitzlichts trat.

»Dr. Schindler!« Jenny klammerte sich ängstlich an Cal. »Wieso sind Sie hier?«

»Ich habe die Polizei verständigt. Ist mit dir alles in

Ordnung, Jenny? Geht es dir und deinem Freund gut?«

»Wir sind nur nass.« Jennys Anspannung legte sich. »Aber woher wussten Sie, dass Miss Gurney mich bedroht hat?«

»Ich konnte heute Abend das Band nicht finden, das ich bei unserem Gespräch am Morgen mitlaufen ließ. Und dann stellte ich fest, dass auch die anderen Kassetten von unseren Sitzungen verschwunden waren. Allmählich begriff ich, was los war. Ich hätte schon darauf kommen sollen, als du mir das erste Mal von den anonymen Anrufen erzählt hast. Aber ich habe einfach nicht so weit gedacht.«

»Miss Gurney steckte dahinter«, sagte Jenny und wies zum Wasser, wo die tobende Frau immer noch Polizisten beschimpfte und wild um sich schlug.

»Sie hatte schon früher solche Anfälle«, erklärte Dr. Schindler. »Deshalb war sie bei mir in Behandlung. Nach einiger Zeit dachte ich, sie hätte sich gefangen und stellte sie ein. Sie hat drei Jahre für mich gearbeitet, ohne dass es zu einem Zwischenfall gekommen wäre. Aber als deine Kassetten weg waren, wusste ich, dass sie dahinter steckte. Dann war auch klar, dass sie heute Abend herkommen würde, nachdem sie sich die Aufnahmen angehört hat. Ich bin so froh, dass dir nichts passiert ist, Jenny.«

Dr. Schindler entschuldigte sich noch einmal, dass er nicht früher darauf gekommen war. Dann eilte er zur künstlichen Klippe, um den Polizisten behilflich zu sein, Miss Gurney zu überreden, aus dem Wasser zu kommen.

»Ihr zwei könnt jetzt gehen«, sagte jemand neben ihnen. »Zieht euch was Trockenes an. Wir nehmen eure Aussage später auf.«

Jenny bedankte sich bei dem Polizisten und dann führte Cal sie behutsam zum Auto. Den Arm hatte er schützend um sie gelegt. »Hast du nun genug von dem Steinbruch?«

»Ja.« Jenny nickte. Sie zitterte am ganzen Körper. »Ich glaube, an diesen schrecklichen Ort muss ich jetzt nie wieder zurück.«

»Gut.« Cal hielt ihr die Wagentür auf. »Heißt das, wir gehen demnächst stattdessen ins Kino?«

Jenny war stehen geblieben und sah ihn an. Dabei hatte sie eine Hand auf seine Schulter mit dem nassen Hemd gelegt. »Ja, von jetzt an ist Kino angesagt. Was möchtest du denn sehen?«

»Nun ...«, Cals blaue Augen blitzten belustigt im Schein der Innenbeleuchtung, » ... im Multiplex-Kino läuft gerade *Die Mumie kehrt zurück.*«

»Du hast einen echt kranken Humor«, stellte Jenny kopfschüttelnd fest, bevor sie ihn küsste. Cal erwiderte ihren Kuss und sagte dann: »Vielen Dank für das Kompliment.«